いっぺん言うてみたかった

KGB77

郁朋社

いっぺん言うてみたかった／目次

1. いっぺん言うてみたかった …… 5
2. 昔むかし …… 27
3. 映画ノスタルジー …… 41
4. まつりごと …… 89
5. ケチのススメ …… 115

6. 何ということもなく …… 133
7. 今様 …… 173
8. 老人よ　旅に出よ！ …… 197

装丁／宮田麻希

1. いっぺん言うてみたかった

チリリン

どうしても言いたいことがある。自転車のベルである。呼び鈴というのかな。最近あれを鳴らす人に会ったことがない。何のためについているのか知らないのではないかとさえ思う。

歩道を歩いていると後ろから急に自転車がやって来る。こちらがフラフラと歩いているのも悪いが後ろに目が付いているわけではない。年寄りだから余計に危険を感じる。

急ブレーキをかけてその音で呼び鈴の代わりをする人がいるが、かえってびっくりする。

自転車は車道を通ることになっているのに何で守らないのか。

自動車もそうである。

近所の道で高速道路の下に短くて狭いトンネルがある。そこを車が通る。歩行者一人と車がやっと一台通れるほどの狭いところである。ところがここは一方通行ではないのだ。

最近の車は性能がよい。音もなく近寄ってきて歩行者のすぐそばを通り抜ける。そのこと自体は問題ない。

この前なんかは追い越された時に車のサイドミラーに触れた。運転手は危ないとは思わなかったのだろうか。

私もつい最近まで車を運転していたがこんなところではかならずクラクションを鳴らす。それもごく軽く且つ遠い場所からである。

なぜみんなはクラクションを鳴らさないのかと思う。

随分前になるがクラクションを鳴らされた人が怒って殺人事件を起こしたことがあった。それ以来クラクションを鳴らすということが無くなった。

そのわけはよく理解できるがしかし警報を鳴らさねば危ないこともある。

世界に冠たる自動車王国の日本でこんな問題を解決できないわけはない。

たしかにクラクションの音は大きいが鳴らし方もある。すぐそばでプププあるいはブーツとやられたらびっくりするし喧嘩にも発展するかもしれない。しかし小さな音ならそこまで行かないだろう。

最近はやりの自動運転ならどうだろうか。当然ここには障害物検知のセンサーが付いている。

私は短い時間だったがこのセンサーの開発に関与していたことがある。といってもその一部の実験を手伝っただけだが。

車のボンネットの中にマイクロ波用のパラボラアンテナかカセグレンアンテナを置いて前方を走る車までの距離を検出するのである。マイクロ波はアンテナの形状にもよるが大きく拡がる。

パラボラアンテナの場合径を大きくすればビームを絞ることができるがそれではボンネットの中に収納できない。このため小さなアンテナを二つ置きそこから出る二つのビームの重なり合った部分だけを検出できるようにする。目標は三十mほど先であった。雨や霧による障害や夜間での利用を考えるとマイクロ波くらいしかない。しかし前方だけだから横は検出できない。アンテナを組みこめなかったのである。今は平面アンテナがあるというがドアの金属はマイクロ波を通さないのでドアの内部には設置できない。しかもこんな近距離では作動しないのではないか。狭い道路では使えないのではないだろうか。

未だに解決できないことを見るとやはり課題はそのままなのであろう。

ここで道路交通法を調べてみた。その第54条第2項には「車両等の運転者は、法令の規定により警音器を鳴らさなければならないこととされている場合を除き、警音器を鳴らしてはならない。ただし、危険を防止するためやむを得ないときは、この限りでない」と規定されている。たしかにむやみに鳴らすなと書いてある。

この鳴らしてもよいという規定とは①法令の規定によって、ベルを鳴らさなければならないとき(「警笛鳴らせ」の道路標識がある場所や「警笛区間」の見通しのきかない場所を通る場合)と②危険を防止するためにやむを得ないときとなっている。ただしこの②のやむをえない時というのは範囲が曖昧である。

ここで私から提案がある。

自動車に自転車並みのチリリンという音が出せないのだろうか。

チリンだけでもよい。なんならもう一つリを取ってチンだけでもよい。

昔、京都では路面電車のことをチンチン電車と言っていた。発車するとき運転者が紐を引っ張って車内の鐘を鳴らすのである。そのことを思い出した。

小さな音なら揉め事まではならないのではないか。ボタンを一つ付け加えて呼び鈴をつけるだけで済む筈だ。こんなことぐらい経済産業省が主導すればすぐできる。それとも国交省、総務省か。警察も文句はないだろう。

自動車の設計をする人はカッコーばかり考えずにまじめにこういうことをやってほしい。マスゴミいや失礼マスコミもこういうことをもっと訴えてほしい。

テレビの字幕

最近テレビで今喋っている言葉を字幕で映し出すようになっている。難聴者向けのサービスであることは分かる。そういう配慮は必要だろう。思いやりのある社会になってきたなと思う。しかしまだ工夫が足りない。気にいらないのは字幕の場所だ。

報道番組に多いがアナウンサーなり出演者が話している時にその言葉が字幕で出る。画面には左端に時刻、天気予報、右上に番組のタイトル、今話している言葉の字幕とすこし遅れてさきほどの話し言葉の字幕が映っている。アナウンサーが「……現在このようになっています」と見てほしい場面を示す。だが肝心の場面が見えない。字幕のおかげで見えない。

見たい部分が見えないのである。

番組の制作者はこの画面を見ているのだろうか。昨日、今日の話ではない。誰も指摘しないのか。まだまだ画面に余裕があるのである。あるいは時刻や天気予報などは話し言葉すなわち字幕の合間に移すとか無くするとかはできないのだろうか。これくらいはちょっとソフトをいじくればできる筈だ。

新しいリモコンでは字幕を消すことができるらしい。しかしそれでは難聴者へのサービスにはならない。意味がない。


ニュース番組の制作者はどうだこれで文句あるかと言わんばかりに字幕を並べる。

やればいいというものでも無いだろう。一回すっきりした画像を見てみたいものだ。

例えば「♪♪風の音」なんて効果音まで表示する。難聴者には便利がよいだろう。しかし私のような耳の遠いものでもこれは屋上屋《おくじょうおく》を重ねるというか余計なお世話というかちょっとやり過ぎに感じる。


民放なら無料なので我慢するがＮＨＫの場合よけい腹が立つ。視聴料を納めているのだ。

出来の悪い放送で金を取るな。カネ返せ。

多少のアルコールが入っている勢いで言う。

「責任者、出てこい」

釣銭受け取り口

またまた文句である。

自動販売機、無人駐車場、切符販売機などどれも釣銭の受け取り口がなんであんなに小さいのか。小銭が出たときに取りにくい。釣銭を取るには車の窓から大きくのりださないと取れない。

理由は簡単である。釣銭はコインメックと言って小銭を出す小さな機器がある。これに対して千円札を受け付ける機器をビルバリと言うが両方とも大量生産品で自販機メーカーはこの標準品を想定して設計を行っている。また既存の自販機でこの部分だけを取り換えるようなメンテナンスもある。したがって簡単に仕様変更ができないのである。

先述の受け取り口を大きくするなどいたって簡単だが自販機メーカーからの要望もないのでそのままになっている。個別に対応するなどコストがかかるので誰もやらない。

ただし切符の自販機は受け取り口が大きい。紙幣やコインの真贋検査機能が厳重で特別仕様になっている。銀行のATMも同じである。価格も自販機のそれに比べて何倍もする。

現在日本では自販機は飽和状態にあるので自販機メーカー間の競争は激しい。最後はコスト競争になる。ジュースなど飲料水を冷却するコンプレッサーのメーカーやビルバリを作っているメーカーが当然有利である。

にもかかわらず私が勤めた会社では何一つ有利な点がないのに無謀にもこの自販機の開発に乗り出した。私は反対したが当時の上層部に押し切られた。

はじめはタバコの自販機であった。商品もおつりも下部に出るがお客にお辞儀をさせるのは問題だと言って新しいタイプを要求された。胸のあたりに出てくるようにしろと言うのである。従来のものは商品が自然落下で下部に出るが新しいタイプなら内部の棚を選んでそこまで取りに行かねばならないし下に落ちた商品を上まで持ち上げる機構が必要となる。コスト的に目標に到達できずこの開発は諦めた。せっかく十年近くも禁煙していたのにこの仕事のためにまたタバコを吸い始めた。一回目の禁煙はタバコの吸い過ぎで声が出なくなって止めたので簡単だったが、この時の禁煙は苦労した。苦い思い出しかない。

続いて日用品の自販機に取り組んだ。仙台の開学したばかりの大学の生協に設置した幅四mほどの陳列台に並んだ商品を縦横に走査するハンドラーが取りに行くというものである。今ではこれと同じ機構の飲料パックの販売機やパンなどを売るタイプの小規模のものはあるがこの時は始めてであった。長いレールをまっすぐにつなぐことや配線がもつれないようにするなど色々と苦労はあったが開発の依頼主であるお客さんから牛タンを食べに行きましょうと言われて装置の据え付け段階から付き合った。

次にその会社から言われたのがお菓子の自販機であった。これは二十台ほど作ったがそれまでであった。いずれも問題はコストだった。専業メーカーではこのコインメックなど月に数百台規模で購入する。しかも既製品として買うからびっくりするくらい安い。我々のように二十台程度では安く購入できない。

したがってコストアップになるような改造はしないのである。受け取り口を大きくするなど使用者側からの要望である。作る側はそんなことに無関心だ。しかし使いにくいのは事実だ。

話がそれたが要は受け取り口を大きくすることは簡単だがコスト的に合わないし誰も文句を言わないのだろうが私は言う。もっと大きくしてほしい。そう思いませんか。

出入り口

スーパーマーケットなどの大型店舗の出入口でいつも感じることがある。大体二台の車が同時に出入りできるようになっている。駐車場から出てくる車は左右どちらかへ曲る。出入り口の幅に余裕がないから渋滞の原因にもなっている。スーパーマーケットなどの大型店舗の出入口でいつも感じる。大体二台の車が出入りできるようになっているが駐車場から出てくる車は外部の道路の左右どちらかへ曲る。出入り口の幅に余裕がないから外部道路に対して直角に出る。そこから曲るからどうしても外部道路の反対側の車線に少しはみ出さざるを得ない。

私がかつて住んでいたところに大型のスーパーマーケットがあったがこの前の道路はいつも渋滞していた。この出入口のせいである。

二年前になるが私のすぐ目の前で老齢の婦人の運転する車が反対車線にわずかに飛び出して反対側から直進してきた車と接触事故を起こしそうになり大きく右にハンドルを切り、おそらくブレーキとアクセルを踏み間違えたのであろう。歩道と車道を分ける道路わきのポールを三本なぎ倒して停止した。

もちろん車は大破したが運転手は無事だった。エアバッグのおかげである。もし歩道に歩行者が居れば人身事故に繋がった筈である。相手の車がスピードを出していればもっと大きい事故になっていたかもしれない。

そこでもそうだったがその出入り口の横は広くしようと思えば十分に余裕があった。にもかかわらずその幅は狭くしてあるのだ。そのような所では駐車場から出入りするときにそろりといかねばならない。低速にせざるを得ない。それを狙っているのか。

しかし最近の車は大型化している。いわゆる回転半径が大きいのである。それへの対応ができていない。スーパーマーケットなどではその横を人も通る。

これは法律や規則で制限されているのか。それが知りたい。そうでなければもっと余裕を持たせるべきである。すなわち幅を拡げてほしい。

これは建築家の領分かそれとも土木かいずれなのかまた法律があるとすればどのようなものか。はたまたどのような根拠で決めたものなのか。

ついでに言いたい。交差点の角である。いまさらどうしようもないがここを丸くカットできないものか。大きなトラックがここを曲がるとき交差点を独り占めする。ほかの車が通れないためにみんな待っている。さすがに運転手は歩行者が横断するときは人を巻き込まないように注意して待っているのでますます交通渋滞の原因になる。私の住んでいるマンションの傍には物流倉庫があるので大型のトラックがひっきりなしに通る。

道路を作る時にこのような事態は想定していなかったのだろう。今のように角をスクエアカットではなくラウンドカットにしていないのでぎりぎりまで建物や広告塔が立っている。

良い解決策はないものか。エリート集団の国交省の方は考えているのかな。

狭い出入口から出るには速度を落とさなければならないがそれが狙いとしても限度がある。小型車が多い時代に定められた規則ならば時代に合わない法律の早急な改定が必要だ。

旗日《はたび》

足袋《たび》の一種ではありません。もはや死語になりつつある。字で書けば分かるかもしれないが大体口頭で言って理解できる人はいないのではないだろうか。

国旗を掲揚する日のことである。

さすがに終戦直後は反戦思想が強かったのか国旗の掲揚はなかったものの日本が独立してからは多くの家で何かの記念日には国旗を掲げた。私の育った家のような長屋住まいでも旗を掲揚した。

私は右翼でもなんでもないが国の記念日を祝うというのは国民として当り前ではないかと思うのだがどうであろうか。

最近では学校などで国歌を歌うことまで拒否する先生方がいるという。生徒はどう思うであろうか。それが当たり前と思うであろう。

それを処罰するのも損害賠償の対象になるのもおかしい。残念なことである。

彼の国では日本の国旗や旭日旗に反対する論調があるが他国の国旗にイチャモンをつけるのもいただけない。国に対する侮辱である。似たようなデザインに逐一ケチをつける。

あれが軍国主義と結びつくというので単に放射状に線が出ているというだけで反日に結び付ける。そのくせどこかの新聞社のマークは太陽を表しているがあれには反対しないのか。

こっちも言いたい。自転車の車輪である。真ん中のハブから放射状のスポークが出ている。あれも旭日旗を連想させるではないか。

自転車は使わないでくださいと言いたい。まだまだある。

新型コロナウイルスは丸い印の放射状の毛のようなものが付いている。あれも旭日旗に近い。あれも反対しなさいよ。

夏の夜に打ち上げる花火には放射状に光るものがある。彼の国ではあの種の花火は禁止なのか。とまあ色々と皮肉を言いたいがそれは本意ではない。ここでは国旗を取り上げたい。

最近では国旗を掲げているとあの家は右翼ではないか、あるいは何か新興宗教に入っているのではないかとかと思われる。そういうヘンな社会になってきた。たしかに国旗を掲げているのは神社か神を主祭神とする宗教くらいなものである。

これも戦後教育の悪い面が出てきている。たしかに戦前は国家神道がはびこり戦争に突き進んだ。あるいは戦争を遂行するために神道を持ちだしていたのかもしれない。

日本を占領したＧＨＱは徹底して神道を否定した。村祭りも二年程中止されたように憶えている。反戦思想そのものは悪いことではない。しかしそれが行き過ぎて自分の国を貶《おとし》めるのは反対である。また反対に称揚しすぎるのもどうかと思う。

幕末の頃の日本の状況を調べていた時にそれを強く感じた。

あの頃は国と言えば各藩を意味していた。日本を一つの国として意識するのは後醍醐天皇の時と幕末以降である。特に明治維新後はそれが強調された。それを梃子《てこ》に国民が軍国主義に突き進んで行ったのも事実であった。

たしかにそれは反省しなければならないが国歌や国旗を否定までする事はない。まして他国から騒ぎ立てられるのは看過できない。

両国で冷静に歴史を見るべきである。

エスカレーター

ひと月に一回ほど病院に行く。生活習慣病なのでその薬を貰いに行くのである。もちろん形だけかもしれないが診察はしてもらう。二時間ほども待って高々三分ほどの診察である。電車に乗る時間と調剤薬局にも行くので病院通いは一日仕事になる。

その時にＪＲの駅から地下道に入る。そのエスカレーターが極めて遅いのである。階段を使う人がもう降りているのにエスカレーターに乗っている方はまだ途中である。公共の施設なので安全に配慮しているのは分かるが程度を考えろと言いたい。駅を利用する人は急いでいるので多くの人は階段を利用する。何のためのエスカレーターか分からない。無駄に電気を使っている。

もう少し行くとエレベーターがあるがこれも遅い。目的階の直前で低速になりじわじわと動く。のっている人間はイライラする。

病院の中のエスカレーターもゆっくりだ。多くの人を早く運ぶにはもうすこし早くすればよいのにと思う。安全を考慮しているのは分かるが程度がある。のろのろした運転で人々のイライラをかきたてたのでは本末転倒だ。

結局利用する人は少ない。利用する人が少なくてもモーターは回転して電力は消費する。ゆっくり回せば負荷は少なくなるから消費電力は若干少なくて済むが摩擦力が大きいのでその差は微々たるものだ。そのくせ不特定多数の人が利用するので法定点検が要求されメンテナンスコストもかかる。せっかくの設備だ。もっと皆が利用できるようにするべきと思うが如何なものか。

ある駅のエスカレーターでは人が載ると速度が速まるようになっているものがある。これは結構節電効果があると思う。古いタイプのものでも制御装置さえ代えれば可能なのだがここにも法律の壁が立ちはだかる。古いタイプのもので許可を受けているから新しく申請しなければならずこれが面倒なのだ。

もっと速度を上げろという市民運動でもあれば別だがそんなものは期待できないので皆は我慢している。皆の利便性を高めるための設備だが過度に安全を考慮しているため利用されていないし省エネルギーにもなっていない。

なんかおかしいとは思いませんか。誰が責任者なんですか。

今日も少ない利用者を載せて無駄な電力を消費している。

シェーバーのキャップ

シェーバーの開発者に言いたい。なんでどの髭そり器もあのプラスチックのキャップはいい加減なかつチャチな締め方しかできないのか。

どれもちょこんと載せるだけになっている。もっとしっかり締めるようには考えないのか。すぐ外れる。頼りない。自分が頼りないからせめて髭そり器のキャップくらいしっかりと諦まるものがほしい。旅行に行くときにバッグに髭そり器を入れておくといつの間にかキャップが外れている。ユルふんである。ゆるい褌《ふんどし》のことを言う。

また話が飛ぶが私の中学生の時は学校で水泳の授業の時は褌だった。それも赤いやつである。大相撲の褌ではなく越中ふんどしである。細い紐で括ればしっかり締められる。むかしは皆そうだった。

私はこのユルふんがきらいだった。ずりおちやすいからである。

話をキャップに戻す。

メーカーによって差があるのかと思って電気店に行き調べたが全部同じだった。海外製のものはもう少しマシかなと思っていたが大差はなかった。

あのはめ込み式のプラスチックは金型で射出成型してつくる。随分デリケートだそうである。材料の硬さにもよるが数十ミクロンの精度が必要である。金型も何万あるいは何十万回か使う（これをショットという）と摩耗するから寸法が狂ってくる。ユルふんになるのである。だから外れやすい。ねじ式の場合はその恐れは少ない。たかが蓋、されど重要部品である。

ただパカンと嵌めるだけではなく蓋をまわして締めるとかできないのかなと思うがどうだろうか。材料はプラスチックだからねじ式にしても製作費はあまり変わらない筈だ。メーカーの設計者の方よ！　切れ味と同じくらい真剣に考えてくれませんか。

取扱説明書

この前というか半年ほど前から全自動洗濯機の調子が悪くなった。洗濯はできるのだが乾燥機能が動かない。生乾きのまま洗濯槽に入れておくと臭いが付く。たくさん洗剤を入れても夏季になると腐敗菌が発生するのであろう。このためとうとうメーカーの修理屋さんに来てもらった。ちょうど五年の保証期間が過ぎていますので費用が発生しますが宜しいですかと言われた。遠くから来てもらったので申し訳ないと思い了解して修理してもらった。

この時に取説が無かったのでいつどこで買ったのか思い出せない。しかしメーカーの人は製造番号から製作年月日を調べてくれた。六年前に買ったので保証期間が切れていたのである。

それはともかく取扱説明書とか保証書は保管しにくい。薄っぺらいと言うほどでもないが中途半端な厚みである。また機器によっては取説の大きさもまちまちである。統一できないだろうか。いっそのこと携帯電話の取説のような厚みなら書架でも並べられるが。このため取説は散逸しやすい。

メーカーや機器によってはネットで公開しているのもあるが色々とそこに書き込みたいときは不便である。


我が家では冷蔵庫や洗濯機はマグネットフックで取説をすぐそばに取り付けている。そのほかの家電製品も最初からそのようにできないだろうか。ＤＶＤプレイヤー（他の機器との接続方法が書いてある）やプリンターもそうである。その機器の横に常時配置できるようにポケットを付けておいてほしい。

以前私は家電メーカーに勤めていたがその会社では提案活動が盛んに奨励されていた。毎日の朝礼の時にその中から優秀なものを表彰していた。今でもしているのかどうか知らないが私ならすぐにこれを提案する。大きさも統一してほしい。

髭そり器などの小さいものは保管しやすいようにする知恵が必要だがかえって大きさをＡ４サイズに統一したほうが保管しやすいと思うのだがどうであろうか。家電メーカーの人に提案したい。


ついでに言いたいことがある。髭そりやデジカメのことである。掃除用のハケや充電ユニットが付いているがこんなものは小さいのですぐどこかにしまい忘れてしまう。

お前がボンクラなだけだと言われそうだが、これらを一式ソフトケースに入れておくようにできないか。私は百均で買ったソフトケースに入れて保存するようにしている。この方がなくさないからである。顧客の方でするのではなくメーカーの方で取説も含めて収納するように考えてほしい。

責任者の人！　聞いている？　いや読んでいますか？

ニュース番組での訂正

ニュース番組などで気になることがある。たとえば「さきほどの交通事故の件で字幕が間違っていました。申し訳ありませんでした」と言うのである。まあ誰しも間違いはある。それはそれでいいのだがそれだけである。どこがどのように間違っていたのか言わなければ間違いの部分が分からない。なぜ「正しくは＊＊でした」と言えないのか。

そういう場合もたまにはあるが。特に地名や人名などは正しい方を言わなければ見ている方には分からない。字幕が間に合わなければ口頭で良いから正しい方をきちんと言ってほしい。

まあどうでもいいことであるが何とはなしに引っかかる。引っかかる方がおかしいのだろうか。小さなことに拘る奴だと思われるかもしれないが実際そうなのである。なるほどこういう性格だから大成しなかったのは事実だがやはり気になる。

このとき謝るのは大体女性アナウンサーである。美人アナウンサーが言えば怒りはいくらか収まるがきれいな女性アナウンサーがいる時に限って大体間違わない。

かわいい女の子が言えば「よいよい。良きにはからえ」となる。勝手なジジイだ。自分でもそう思う。

まあ冗談（冗談は半分だけだが）はともかく正しい言いかたで訂正してほしい。

字幕はアナウンサーではなく別の人が作るのだろう。と言うのは字幕にはときどき間違いはあるがアナウンサーの喋る言葉にあまり間違いはない。へえこんな読み方をするのかというような地方の町の名前など正確に言う。難しい読み方をするから多分事前に確認しているのだと思う。

考えてみると世の中には難読地名がおおい。

関西を見まわしても大阪の放出《はなてん》や膳所《ぜぜ》あるいは北陸線の動橋《いぶりばし》、石動《いするぎ》などは有名なのである程度知られているが初めての人には分からない。ほかにも姫新《きしん》線の余部《よべ》など同じ字でも片や山陰線では余部《あまるべ》という。

あるとき津山へ行くときに岡山からバスに乗ったが途中で降りるべきバス停が周匝上となっていた。はじめて見る漢字なので読みかたが分からず困った。これでスサイカミと読むのだそうだ。バス停の看板にはルビも振っていないし旅行者は迷うだろうな。観光立国を唱える割にはこういうことには無頓着である。

地名には由来があるのでそれはそれで構わないがルビは付けておいた方がよい。「おもてなし」の看板に傷が付きますよ。

さきほどの報道番組での訂正と言い、バス停の名前と言い何かもう一つ配慮が足りない。

責任者！　どう思う？

2. 昔むかし

まちの音

久世光彦《くぜてるひこ》という人のエッセイの中に『昔、卓袱台《ちゃぶだい》があったころ』というのがあったように思う。中身は昭和の初め頃すくなくとも戦前の話である。

夕暮れ時になると各家庭から聞こえてくる夕食の支度のまな板の音や街を歩く自分の足音（多分下駄だと思う）さらには風の音も聞こえたというのである。時代を感じるなあ。

今のコンクリートの建物と違い昔の木造の建物は音が筒抜けだった。壁が薄いうえに建て具も隙間だらけだった。まあ私はそんな長屋育ちだったから言うのだが。

今では考えられない。気密性の高いアルミサッシで外部のまた内部の音も遮蔽されている。しかしその外側は騒音が増えた。

自動車などの暗騒音《あんそうおん》が増えたことにも因るが情緒的に言えば昔の世界が新しい世界の音に負けたとも言える。EVあるいはハイブリッド化により個々の車の音は減っているが台数が多過ぎる。結果として騒音が増えた。

あるいは能の『雨月《うげつ》』を思い出す。

ある旅の修行者が秋の村雨に遭い一軒のあばら家に一夜の宿を乞う。しかしその家の中ではそれどころではない。

一部が壊れた屋根に板を葺《ふ》こうか否かと老夫婦の間でもめている。嫗《おうな》は月を見るためにそのままでよいというのを翁《おきな》はいや風の音や落ち葉の葉擦れの音を楽しむために板を葺こうと論争している。なんとまあ風流なことである。

そのうち何となく二人の間で『賤《しず》が軒端《のきば》を葺《ふ》きぞわずらふ』という和歌の下の句ができる。この歌の上の句ができればお宿を提供しましょうということになった。

修行者はたちまち『月は洩れ雨はたまれと、とにかくに』という上の句を作り『月は洩れ　雨はたまれとにかくに　賤が軒端を葺きぞわずらふ』と和歌を完成させる話である。

修行者は実は西行法師《さいぎょう》であった。たしか金春禅竹《こんぱるぜんちく》の作であったと思う。

この演目は和歌の素晴らしさを強調しているが全体に風雅の趣きが充満している。もともと能の舞台は松の木の絵を描いただけの背景と簡単な作物しかない。あとは謡と舞と語りから見る方が想像を膨らますのである。

これが幽玄の世界らしい。最初に出てくる道行《みちゆき》や次第《しだい》なんかでは「これは＊＊より出《い》でたる僧にて候《そうろう》。……中略……急ぎそうろうほどにこれは早や＋＋に着きて候」などと一瞬にして＊＊から＋＋にワープするのだ。見ている人はこの瞬間の変化について想像をたくましくしてついていかねばならない。

この演目では一畳ほどの広さの家に模した作物を置き演ずるだけである。その簡素なつくりが不思議なムードを演出している。質素な家の感じが出ているのである。

『折しも秋なかば村雨《むらさめ》の聞こゆるぞや』、『いや雨にてはなかりけり。小夜《さよ》の嵐の吹き落ちて……』とシテ、ツレおよび地《じ》の掛け合いが続く格調高い場面である。それはともかくここで言いたいのはそれくらい昔は自然の音に囲まれていたということである。

昔の童謡に『里の秋』というのがあった。歌詞は『静かァなー　静かな　里の秋　お背戸《せど》に木の実の落ちる夜は　ああ母さんとただ二人　栗の実煮てます　いろりばた』である。

この歌は終戦の年の年末に発表されたもので我が家ではまだラジオさえなかったためどこで聞いたか思い出せない。

「ああ母さんとただ二人」という言葉になぜか惹かれた。

戦地に向かったまま帰ってこない父を想いながら母と過す子供の姿を歌ったもので子供心にも悲しく感じたことを思い出す。私と同世代の家庭にはこういう家がけっこうあったのである。

今はそれを言いたいのではない。木の実が落ちる音など今では想像もできないがそれほど静かであったということを言いたいだけである。

それだけかと言われそうだが残念ながらそれだけである。

まあいいじゃありませんか。そういう風雅なこともたまには思い出してください。

協調的競争

むかしの話である。といっておとぎ話ではない。ほんの四十年ほどまえである。日本の鉄鋼会社が十数社ほど集まって研究成果を発表する場があった。すでに金属学会というのがあったので文部省は学会とは認めず協会という扱いであった。

製銑、製鋼、設備、圧延などいくつかの工程ごとに部会があり集まった。競争しながらも協調していた時代である。

各部会ごとに多い時は百人近い人が参加した。それも年に三度もである。会場は持ち回りで北は釜石から南は大分にまで拡がっていた。二日間あり発表が終わった一日目の夜はホテルの宴会場で懇親会をやった。私はある部会の幹事をしていたので殆ど毎回出席した。そのため全国の製鉄所にほとんど出かけていった。ときどき大学で開催したので北大、東北大、東大、京大など有名大学にも出かけた。いずれも自分の実力ではとうてい入学できなかったところにである。

またそれとは別に春と秋にゴルフをやった。これは大手五社だけで関東地方は東京湾岸リーグ、関西地方は瀬戸内リーグと名付けていた。

他社はいざ知らず我が会社はすべて個人負担なので下っ端のサラリーマンには痛かった。

それいけやれいけの高度成長がまだ残っている頃だった。

『あれから四十年』、漫談の言葉ではないが様変わりした。間もなく成長が止まり生き残るための合従連衡が繰り返されいまや大手二社プラス一社になってしまった。その変化の最中には少しずつ変わっていくなあと感じていたが今振り返ると変化は一瞬だったように感じる。四十年なんてあっという間だ。

自分の人生でもそう感じるが、もっと長いスパンで考えるとなおさらそのように感じる。生き残るために今でも競争はしているがもはや『協調』という言葉は過去のものになってしまった。通産省（現経産省）の生産量の管理という指導も必要無くなった。

原因は政治の主導でアジアの各国へ過度な技術協力をしたことにある。主な国は中国と韓国であった。当時からこんなことをすればブーメランとなっていつかは跳ね返ってくると言われていたが、日本は戦争を引き起こした後ろめたさもあり技術協力をした。業界はそれに従っただけであるが遅かれ早かれこうなるような運命だったように思う。日本がやらねば欧米がのりだしたかもしれない。事実ドイツやソ連が東南アジアへの技術協力をしている。

一時は日本の製鉄業は世界を席巻した。私が入社した頃は世界の鉄鋼生産量は年に七億トンと言われそのうちの一億トン以上を日本が占めていた。ものすごい量である。国内でも大きな政治力があった。春闘などでは鉄鋼の賃上げが決まってからはじめて他の産業の賃上げが決まったくらいである。経団連の会長も永らく製鉄会社のトップ出身者が多かった。

やがて徐々に日本の鉄鋼業の衰退と合従連衡が始まった。平家物語の冒頭の驕れるもの久しからずである。

以前アメリカのシカゴの鉄鋼会社に行った時に向こうの人に言われたことがある。戦前はアメリカが世界の鉄鋼業をリードしていた。その地位をいまや日本が占めていると。（しかし決して奪ったとは言わなかった）

しかしその後韓国がそしてそのあと中国が世界を席巻した。世界の粗鋼生産量のおよそ半分が中国製だ。インドが急追しているが果してどうなるか。

ノルウェイの合金鉄の会社に行った時も向こうの人に言われた。こちらは鉄鋼業の話ではなく造船業の話であった。今は日本が造船量で世界一を誇っているが昔はノルウェイだったのですよと。たしかにそうであった。これも今は韓国がトップを競っている。諸行無常、生々流転である。達観したようなことを言って生意気で申し訳ありません。

しかし八十年近く生きてきてようやく分かったことは『すべては変わる。いずれは変わる』ということではないだろうか。

戦後の激変、混乱、貧しさも今から見れば一瞬だった。私の生母などはその中で必死にもがいて落ち着いた頃はあの世に行っていた。

一体あの人の人生とは何だったんだろうかと時々思う。

不肖の息子は時代の波に流されていい加減な生活を送りながらも次第に鬼籍に近づく。向こうに行ったら生母にも養母にも謝らなくてはならない。多少の反省はしているがそれに向けての行動は何一つしていない。

あっちへ行ったら閻魔大王の前でなんかネチネチといじられそうな気がする。言いわけを考えておかねばならない。考えてみれば閻魔さんと言うのは死人の旧悪をほじくり返し腹の中でニヤニヤしているサディストかもしれない。なんだかそんな気がしてきた。

協調的競争、なんといい言葉か。あの時は設備事故や人的災害などが起きても堂々と相手の会社の担当者に電話してその真相を確かめたりしたものだ。お互いを信頼していたのかもしれない。相手の息の根を止めるような無茶な競争はしかけなかった。限られたパイを皆で分け合うような節操があったのかもしれない。

今はグローバリズムが行き過ぎているように想う。

この辺は農耕民族の考え方なのだろうか。

一陣の風

昔、我が家には扇風機もなかった。狭い家では夏は耐えきれないのでよく近くのお宮さん（神社のこと）へ涼みに行った。さして大きくはなかった拝殿の縁側に寝転がって昼寝をしていた。蝉の鳴き声がうるさかったが時には夕方まで何をするわけでも無く時間を潰していた。

一陣の風が吹き抜け当時はそれで十分涼を感じた。夜は蚊帳を吊った。もちろん縁側は開け放しにして部屋に風が通るようにしてある。よくまああんな暑苦しさの中で我慢したなあと思う。扇風機の無い時代（我が家だけだったかもしれない）、皆はそのようにして生活したのである。すいませんね。いつも私の話は古くて。エアコンは無論扇風機もない家が多かった。駅前のパチンコ屋では夏になると店の中に氷柱（分かりますか？　真ん中に花が入っていた大きな氷のかたまり）を何本か立てて涼しさを演出していたくらいである。

まあ団扇《うちわ》はあったから仰いでいるあいだは少しの風は感じられたかもしれない。それゆえ逆に自然の風を強く感じたのかもしれない。

扇風機の風もずっと同じように当たっていると涼しさを感じにくくなるという。首振りモードにして強弱をつける方がいいらしい。お宮さんで涼んでいた時もそうであった。

自然界には1／Fゆらぎというものがある。音で言うと低い音のパワーが大きく高い音のそれは小さいというものである。風でいうとゆっくりした風が多く強くなるほどその回数は少ないということになる。居心地のよい空間と人を落ち着かせる効果があるらしい。

例えば木々のそよぐ音や小川のせせらぎなどである。どんなものでも揺らぎはある。

電子回路のマルチバイブレーターというのは二つの全く同じ回路があって繋がっており相互に干渉するようになっている。

一方の回路が動くと片方は停止する。動作した方の回路がピークに達すると今度は片方が動作し始め今まで動いていた一方の回路は動作を停止する。

つまりあっちが動いたりこっちが動作したりで交互に動作して発振を始めるのであるがこの時に先生からそれはなぜそうなるのかと聞かれたことがある。

二つの回路が同じならばずっとそのまま永遠にバランスを保ったままではないかと思ったが助教授からそれは自然界には熱雑音という揺らぎがあるのでいずれかの時点でバランスが崩れるのだという説明を受けた。その揺らぎも1／Fゆらぎまたは1／Fノイズという。

ちょっと知っているとすぐにひけらかしたがる。安っぽい人間だ。いえ私のことです。

ある時、家電メーカーが扇風機の機能にこの1／Fゆらぎを追加したことがあった。売れなかったのか早々に姿を消したがこのお宮さんの風も同じことかもしれない。

時々さっと吹くから心地よく感じたのかもしれない。

自然の風が有難かった頃である。

昔のTV番組

この前懐かしいテレビ番組を見た。およそ三、四十年前のNHKの番組である。地方の祭りや生活の一部を取り上げている。取材も細かいところまでしっかりとしているし見どころの多い番組であった。画像はすこし粗いがそれでも十分見ごたえのある番組であった。

この種の番組の再放送は多くがBSで放送されているようだ。私の住むマンションは残念ながらBSが映らない。そのような場合には個別に有線放送を契約する。別にこの番組に限らず昔のTV番組にも良いものがあったように思う。ただ自分が懐かしがっているだけかもしれないが。

多くの金をかけて新しい番組を作るよりも昔の優れた番組をもう一度見直して再放送する方がよい

のではないか。ドキュメンタリー番組と言うのか、あるテーマを深く掘り下げている番組など当時としても随分手間ひまかけて作ったものをたった一度の放送で終わるのは勿体ない。是非地上波でも再放送してほしい。

似たような番組で世界の秘境シリーズだとか中国の青蔵鉄道（チベット鉄道）を行く、あるいはシベリア鉄道の旅だとか興味あるものがある。多くはインターネットで紹介されている。居ながらにして世界を旅することができるのである。

暇なときはこんなのばかり見ている。しかし楽しい。

最近の番組でも教育テレビなどで高校講座と言うのがある。中身はあるテーマを詳しく解説しているものでなかなか勉強になる。学校の勉強と違って憶えこませるのを目的としていないので楽しんで見ることができる。内容も随分工夫している。知識を植え付けようとするのではなく理解させるのに重きを置いているのでジジイでもよく分かる。こういう授業をしてくれていたらもう少し勉強したかもしれない。といまさら思ってももう遅い。

このような番組を作る人は随分考えている。何日も考えて放送はたかだか三十分ほどだ。これを一回きりにするのは勿体ない。こういうコンテンツだけを集めた案内と言うか概要集のようなものを作ってその内容を紹介すれば良いと思うがＮＨＫさんひとつ検討しませんか。

エンジンがかかってきたのでついでに言う。

大金かけて大河ドラマを作ったり面白くもないコントを入れた紅白歌合戦などは止めたほうがよい。少なくとも視聴料で賄うべきではない。特に気に入らないのはＮＨＫが視聴率を気にすることだ。大河ドラマなどは一年長引かせるためにいつも途中は間延びしている。どうでもよい話を挿入して間を持たせている。

これらを廃止せよと言うのではない。やるにしても民放のように企業のＣＭを入れるようにすればよい。ＣＭを入れないのは公共放送だから駄目だと言うが紅白歌合戦や大河ドラマまでその対象にすることはない。単なる言いわけである。電波も地上波二波、ＢＳ二波（一波しかなかったかな）と多く持っている。独占とまでは行かないが寡占である。視聴料でここまですることは無い。

昔は電波の届きにくいところもあったが今はそんな事は無い。部分開放するべきである。

国民の視聴料で運営すれば国家権力から独立できると言うがそれはおかしい。ＮＨＫの予算は国会の審議事項ではないか。運営委員は国民の知らないところで選出されているし総理に対して予定外の質問をしたということで飛ばされたニュースキャスターもいたではないか。

少しも独立ではない。政府が露骨に介入している。先述の紅白歌合戦や大河ドラマなど視聴率ばかり気にしているではないか。面白くもないコントを入れる必要なんかない。

ぜひ部分的でも民放の手法を取り入れることを考えるべきである。

ああ言うたった。

3. 映画ノスタルジー

映画　アラビアのロレンス

今まで多くの映画を見てきたが素晴らしい作品は色々あった。順位はつけられないが私の中ではまず『アラビアのロレンス』を挙げたい。

高校を卒業した時に初めて見たがその後何度も見た。それどころか昂じてビデオテープも買った。工業高校は卒業したものの大学に行くわけではないし人生の目的を見いだせずにいた頃である。アラビアの広大な砂漠を見て感動したものだ。大阪の梅田にＯＳ劇場と言うシネラマ映画が見られるところがあった。たしかシネラマでも見たような気がする。

ロレンスはイギリス軍の将校で学者であるが第一次大戦中のトルコの進出に対抗してアラブのベドウィン族を味方につけようとする英国の方針に従い行動する。ロレンスはゲリラ活動によりトルコ軍を苦しめる。いくつかの部族に分かれて活動するベドウィンをまとめているファイサル王子の信任を得たロレンスはますます活動の幅を拡げていく。

主演のロレンスにはピーター・オトウール、ベドウィン族の族長アリにはオマーシャリフ、アラブのファイサル王子にはアレック・ギネス、ベドウィン族の族長アウダ・アブタイにはアンソニー・クインが出ていた。みんな芸達者であった。

七部門のアカデミー賞を獲得している。たしかに内容のスケールの大きさや砂漠の映像など素晴らしかった。

アラビアのヘジャズ鉄道を爆破したり砂漠で行方不明になったベドウィンの一人を探し求めるシーンなんかは感動した。


後日気がついたがトルコのアカバ要塞を攻撃するところがある。


砂漠の方から攻めてきたベドウィン族がトルコ側を追い詰めていくのだがその最後の方でトルコの巨大な大砲の後ろ部分が映るシーンがある。背後の陸地側から攻撃されたトルコ軍はそれを砂漠側に向かって使うことができなかった。T・E・ロレンスの著書の『知恵の七柱』にもその詳細が記されている。夢中になって読んだものだ。

そのシーンではオスマントルコがやられていく様がロングショットで映るが次第にクローズアップされて大砲のお尻が映る。大砲は海に向かっていたということを映像で説明しているのだが感動的だった。

アメリカ映画だったから娯楽面に焦点を当てているので政治的なことはさらっとしか触れていない。

ロレンスの必死の努力の甲斐もなく英国とフランスが秘かに戦後の両国の分け前を話し合っていた。そのサイクス・ピコ協定には詳しく言及していない。

現在のパレスチナの問題の発端はここにあるがこれを客観的に説明した著作はまだ見ていない。ポール・ニューマンが主演した『栄光への脱出』という映画はあったがイスラエル側に重点を置いたものなのでアラブ側の主張は殆んど入っていない。逆にアラブ側は一律にイスラエル側を非難ばかりしているように見える。どちらの言い分にも納得できる面があるので正しい裁定は難しい。

興味深い場面があった。

アメリカの新聞記者がロレンスの仲間のアリ族長に将来は何を目指しているのかと訊くとアリが『政治家だ』と答える。記者は『フン！　卑しい仕事だ』と応じるシーンがある。いまでもこの部分は憶えている。脚本家か監督か製作者かは分からないがこの言葉を挿入する意味は何だったのかと思う。

大国の干渉なしにここに平和が来るのはいつだろうか。

映画　第三の男

白黒映画だが『第三の男』という作品があった。第二次大戦直後のオーストリアのウィーンを舞台にしたものでたしか原作はグレアム・グリーンだったと思う。しかしまだこの原作は読んでいない。イギリスの俳優オーソン・ウェルズが演じるハリー・ライムという悪者が中心の映画である。映画のはじめに出てくるキャスト紹介の場面では一番最初がジョセフ・コットンなので主役は彼かもしれない。

ハリーは軍から不法にペニシリンを入手しそれを薄めて粗悪品を作り横流しをして儲けている。その粗悪品により健康被害も生じている。

当時ウィーンは英仏ソ連が街を共同管理していた。そのハリーを追っているのがオーストリア軍のキャロウェイ少佐である。ハリーのアメリカ人の友人ホリー・マーチン（演じるのはジョセフ・コットン）が仕事を求めてハリーを訪ねてくる。

しかしハリーがウィーンに着いたときハリーは直前に自動車事故で亡くなっていた。そこにはハリーのほかに二人の男がいたがその事故を遠くから目撃していたアパートの管理人はもう一人の男もいたという。つまり第三の男である。

親友の死に疑問を持つホリーの周りで死んだはずのハリーの影が出てくる。ハリーの墓に埋葬されていたのはハリーの仲間で別の人間だったことが分かる。映画では明確に示されていないが仲間に殺されていたのである。

この映画を見たのは随分後である。学生時代からアントン・カラスの演奏するテーマ曲は知っていた。民族楽器のチターの演奏で有名だった。

今から四十年ほど前に仕事でドイツに行ったがその時に向こうの会社が歓迎してくれて我々日本の訪問団の前でチターの生演奏をしてくれた。

グレルナー・マックスという人だったが目の前でチターを演奏してくれた。その時でもすでにチターの演奏家は殆んどいなかったと聞いた。その人のレコードも買った。

この映画ではキャロウェイ少佐を演じるトレバー・ハワードが渋い演技で重みがあった。

後年、映画『戦艦バウンティ号の反乱』に出演しているのを見たことがあるが主役のマーロン・ブランドよりも印象に残った。冷酷無比な船長役で出ていたがそれ以外に出演している映画は見ていない。

キャロウエイはホリーにハリーを誘い出すオトリになってくれと言う。しかしホリーは親友を騙すことはできないと言って断わる。そこでキャロウェイは偽のペニシリンの薬害で死んでいく子供を見せたうえで協力してくれと依頼する。ホリーはこれでようやく少佐に協力することを決意する。

やがておびき出されて出てきたハリーは警察や軍に追いかけられて地下の下水道に逃げ込む。この中を逃げ回るが最後は親友の銃に撃たれて死ぬ。

今度こそ本当のハリーの葬儀に出たホリーは参列していたハリーの情婦アンナ・シュミット（アリダ・バリ）を見守る。彼女に恋心を抱いていたのだ。

枯葉散る長い墓場の道を戻ってくるアンナを待つが彼女は一瞥もせずにホリーの前を通り過ぎていく。墓場の道を歩くアンナの姿はロングショットで映る。それが少しずつアップとなる。

その間テーマソングが流れる。

映画はここで終わるがこのラストシーンが印象的だった。

このＤＶＤを持っているので飽きもせず何度も見る。爆撃で崩れた建物の残骸、地下の下水道、大観覧車などあの頃の荒廃したウィーンの街の雰囲気がよく出ていたと思う。

オーソン・ウェルズは存在感があった。ずっと出ずっぱりはジョセフ・コットンの方だった（やっぱり主役はジョセフ・コットンかな）。最後に下水道の中で追い詰められ負傷したハリーがホリーの銃で撃たれるときに微かに眼で合図する場面がある。覚悟を決めたのかホリーに向かって撃ってくれと言わんばかりの目つきを見せるが原作ではどうなっているのかなと思う。

一瞬だが重要な場面だ。監督や俳優はああいうところに神経を注いでいるのかなと思うとその拘りが分かる。しかしそれに気付いている人はどれくらい居るのだろうか。

音楽も良かったが全体の暗い画面や渋い演技も重なっていい映画ができる。

照明やカメラアングルも見事だった。やっぱり映画は総合芸術だ。

映画　レベッカ

ダフネ・デュ・モーリアの原作で『レベッカ』というのがあった。

これもまた白黒映画である。主演男優はローレンス・オリビエ（役柄は資産家のマキシム・ド・ウィンター）、主演女優はジョーン・フォンティーン（役柄は『わたし』として映画では最後まで名前は不明だ。）監督はヒッチコックが渡米後初めての映画で一九四〇年頃に製作されている。第二次世界大戦が始まった直後だ。しかし私が見たのは二十年程も後である。なぜ憶えているかと言えばここに出てくるジョーン・フォンティーンによく似た大学のクラブの後輩がいたからである。大変な美人であこがれでもあったがすぐやめてしまい数回言葉を交わしたくらいであった。

この映画は題名がレベッカとなっているが最後までマキシムの元の妻であるレベッカは出てこない。

レベッカが亡くなったその後にジョーン・フォンティーン演ずる『わたし』がマキシムの後妻としてマンダレーの広大な邸宅にやって来る。

以前の家政婦長であるダンバース夫人は前女主人のレベッカに心酔しており『わたし』を新しい主人として認めたくない。

そこで『わたし』はダンバースから様々な嫌がらせを受ける。

そこにレベッカの従兄弟であるジャック・ファベルといういい加減な男が出現する。レベッカが死んだのはヨットで沖に出て嵐に遭って遭難したからだとなっていたが一年後ヨットが流れ着きそこからレベッカの死体が見つかる。

それなら昨年確認したレベッカの死体は別人だったのかという疑問が出てくる。裁判が行われレベッカの死は自殺ではなく殺人だったという疑いが出る。

実はレベッカはとんでもない悪い女で金は浪費するし複数の男と密通するなどマキシムを悩ませていた。

ある夜レベッカはほかの男の子供を妊娠していると告げマキシムを挑発する。カッとなったマキシムはレベッカを突き倒す。レベッカは漁具に頭を打って倒れる。倒れたレベッカをヨットに乗せたマキシムはその船を沖に出してしまう。

しばらくしてレベッカの死体が流れ着く。

レベッカはロンドンで医者に立ち寄ってからファベルに会うというメモを渡していた。自殺するような人間がこのようなメモを残す筈がない。

ファベルはレベッカを殺したのはマキシムだと思い脅迫する。ロンドンで診察を受けた医者というのは誰なのか。

警察署長ジュリアンに問い詰められたダンバースはレベッカがロンドンで通っていた医師はベーカーだと伝える。

レベッカの死の真相を確かめるためにマキシム、ファベル、ジュリアンやマキシム家の執事フランクなどがロンドンの医師ベーカーを訪ねる。

ベーカーはレベッカという名前など知らないという。訝《いぶか》る四人にベーカーはダンバースという名前なら知っていると答える。実はレベッカは偽名を使っていたのだ。

自殺する動機があったかと訊ねる四人にベーカーはあると答える。殺人の疑いもあると思っていたファベルは意外に思う。

妊娠したと思って受診したレベッカにベーカーはレントゲン写真を勧める。結果は妊娠ではなく重篤な末期ガンだったのだ。

そのときベーカーはあと数カ月の命ですと伝えるとレベッカは『いえ先生。もっと早い』と笑みを浮かべて答えたという。ここが最大のハイライトである。結局自殺であったことが明らかになって話は終わる。

この映画はロマンスありサスペンスありで最後まで緊張感を持たせる。ヒッチコック映画でも秀作の部類に入ると思う。

私はキャスティングもよかったと思う。特にダンバース夫人役のジュディス・アンダーソンの憎らしさやフランクやジュリアンさらにはベーカー医師の演技は重みがあって秀逸であった。

オープニングもいい。廃墟となったマンダレーの屋敷跡に『わたし』が夢の中で出てくるという設定もサスペンス感をかきたてる。

鉄の門を精霊の力でくぐりぬけた『わたし』は廃墟の館が月明かりに照らされてかつてのにぎわい

を取り戻したのではないかと感じる。

一瞬、浅田次郎の小説を思い出した。最後に燃え尽きる広大なマンダレーの屋敷の中でレベッカのイニシアルであるRの字が浮き上がるのも印象的だった。

これでレベッカの面影がすべて消えてしまうのだということを表現したかったのであろう。レベッカは題名になっているのにその面影すらも出てこなかったがこの脚本も優れていると思う。階段の傍のレベッカの肖像画がほんの一瞬出てきたようだがよく見ていないと分からない。実際のレベッカを出さないので映像を見ている方はどんなに美人かという思いをかきたてる。あえて出さないのが成功していると思う。

ジョーン・フォンティーンがきれいだった。このあと彼女を見たのは映画『ジェーン・エア』(オーソン・ウエルズ主演)だったと思うがこのレベッカに出てきた方がずっと美人だった。まあ役柄もあったのかもしれないが。

映画　ポッポ屋(鉄道員)

同じ鉄道員という名前ではイタリア映画でピエトロ・ジェルミ主演・監督の作品があった。そのテーマ音楽も良かった。

しかし今ここでいうのは浅田次郎の小説を映画化したもので、監督は降旗康夫、主演は高倉健である。

むかし北海道には多くの炭鉱があった。そこらじゅうで石炭が採れたのである。今はほとんどが廃坑となり町も寂れていく。そこを終着駅とする鉄道の支線の駅長が間もなく定年を迎える。

町の人も減り列車に乗る人も少ない。その駅を守るため主人公はたった一人の娘や妻の亡くなった日も任務を優先する。黙々と。


ある日駅のホームの雪かきをしていると「今度小学校一年生になるの」という可愛い女の子が現れる。手には小さな人形を持って。

しばらく遊んだら帰ってしまう。その夜、姉と思われる中学生くらいの女の子が妹が人形を忘れていったので取りに来たと言って現れる。しかしまた忘れて帰ってしまう。深夜さらに高校生くらいの姉が取りに来る。てっきりお寺の娘だと思い住職に電話するが娘なんか帰省していない。お前さんはボケているのかと言われる。

駅長はなにがなんだか訳が分からない。

まさかそんな馬鹿なことがと思いながら駅長はその娘に向かって「(死んだ娘の)雪子か?」と訊く。そうだった。

娘は成長していく姿を父親に見せにきたのだ。できなかった親孝行をしたかったのだと言って。人形は娘が生まれたときに買い求めたものであった。

泣かせるシーンである。翌朝駅長はだれもいないホームで雪に埋もれて亡くなっていた。最後まで鉄道に人生を捧げたのである。


小説は短編だったので何度も読んだ。これで直木賞を射とめたのだがなるほどと思った。すぐれた小説というものは長短に関係ない。その中身だ。森敦の「月山」もそうだった。古くは中島敦の「山月記」もある。海外の小説ではオー・ヘンリーの「最後の一葉」もである。


この映画ポッポ屋も感動的だった。

労働争議や炭鉱事故、中学生の集団就職、じり貧になっていく地方の炭鉱の説明もエピソードとして出てくる。ああいう時代だったのだ。出稼ぎ労働者として出てくる志村けんも名演だった。はるか遠くに見える雪山を背景にディーゼル機関車が走る場面などは素晴らしい。あの場面だけでも見る価値がある。


昔、そう五十年以上も前だ。学生時代に一カ月をかけて北海道を一周したことがある。

安くて泊まれるユースホステルを渡り歩いた。かなり辺鄙なところにも汽車は走っていた。その時のことを思い出した。駅の小さな待合室に客は二時間も前から来て待っている。

明治以来、国は北海道全土に鉄道網を張り巡らすつもりだったという。ときには大勢の囚人を使って建設を進めた。そうまでして作ったのに今はかなりの路線が廃止された。そのうちの一つが舞台になっている。

小説でもそうだが一人娘が現れてくるところなんかは典型的な浅田次郎の世界である。何だか能の舞台を見ているようである。能ではははじめに見知らぬ人間が現れ背景を説明する。やてそれが幽霊であり回向を頼んで消え失せる。後場《のちば》では姿を変えた幽霊が現世時代の思い出を語る。これが一般的だが浅田次郎の小説ではいつの間にか幽玄の世界になっている。これが特徴かもしれない。

彼の小説でこのほかに読んだのは「角筈《つのはず》にて」「憑神《つきかみ》」「月島慕情」などがあるがいずれも彼独特の幽玄の世界がある。これを幽玄と言ってよいかどうかは分からないが。

悲しい物語ではあるのだが見終わって爽やかな感じが残るのである。作者の人柄が分かる。

水上勉の世界では貧しさに基づく哀しさがあり弱い立場の人からの見方があるが浅田次郎の世界では底に流れる優しさがある。どちらも私は好きである。

映画　野火《のび》

監督・主演は塚本晋也、原作は大岡昇平で若い時に読んで衝撃を受けた。何度か映画化されていると思うが私が見たのは二〇一四年製作のカラー版だった。塚本晋也はこの映画の構想に二十年もの時間をかけたそうである。内容も原作と異なるところが多いが脚本は良くできていると思う。

私は実の父を南方戦線のニューギニアのすぐ北のビアク島で失っている。しかも餓死だったとの記録がある。そのためかこのような作品には強い興味を持つ。

食い意地が張っているのもその反動かもしれない。

太平洋戦争で敗色濃い日本軍はフィリピンの山中でただ逃げ回るだけだった。

結核を患った田村一等兵は部隊を追い出されジャングルを彷徨《さまよ》う。

そこで出会った仲間は脱走兵だった。彼は猿の肉を食べて飢えをしのいでいるという。その分け前をもらって食べる。しかし彼は近頃はなかなか獲物は手に入らないとこぼす。

実際は現地人を殺しその人肉を食べていたのだった。映画では田村一等兵も言葉が通じないことから誤解が生じ現地の人を殺してしまう。その肉を食べたのかどうかははっきりしない。

原作の解説によると大岡昇平はマニラの病院に収容された時に一緒にいた人から体験談を聞き小説にしたと書いてある。つまり彼自身は体験していないが事実をもとにした創作である。しかしながら食人は実際にあったらしい。

別の稿でも触れたが私は小説『ヒカリゴケ』を思いだす。どちらも飢餓の極限で生きるために人肉を食べるのは似ているがヒカリゴケの場合は目の前に死体があったので食べてしまう。だが野火の場合は食うために人を殺すというところが違う。いずれも神仏にそむく行為であるが後者ははるかに罪が重いように思う。人間を食べるなどということは畜生道の世界である。まして人を殺すなどというのは。

直接、食人には至らないが仲間の死体をカニに食べさせそのカニを食べるという本を読んだことがあったように思う。これも太平洋戦争中の出来事だった。

外国でも似たような話はある。随分前になるがアンデスの山中に墜落した飛行機の中で仲間の人肉を食って生き延びた例もあった。

昔ケニアの武装勢力であったマウマウ団は白人に対抗した時に殺した白人の目玉をくりぬき飲んだという話もある。

日本軍がニューギニアに侵攻したときにその村の長老から昔は部族間の争いのあとは殺した敵の力を得るためにその敵の人肉を食べたという話を実際に聞いている。

半ば宗教的なこととはいえ凄惨な話である。

映画　荒野の決闘

ヘンリー・フォンダ扮するワイアット・アープが主人公のDVDを見た。ワイアット・アープは実在の人物でこの映画の監督であるジョン・フォードとも親交があったらしい。この映画のネタも提供したという。

ワイアット・アープが兄弟三人と共に牛を伴い西部のツームストーンの町にやって来る。広大なアリゾナのモニュメントバレーが舞台でジョン・フォードはここをよく使う。アープは牛の群れと弟一人を残し町に出る。

酔っぱらったインディアンを取り押さえたことでアープは住民から保安官になってほしいと頼まれる。

それを断わり野営地に戻ってみると牛は盗まれたらしく一頭もいない。しかも弟は殺されていた。弟が大事にしていたペンダントもない。

仕方なく町に戻り保安官になるがまもなくこの町のボスで賭博の元締めであるドク・ホリデーと知りあう。ドクとはドクターすなわち医者であるホリデーの愛称である。

彼を追ってはるばるやって来た可愛い女性のクレメンタインに出会ったアープは秘かに彼女に恋心を抱く。

ドク・ホリデーは医者であるものの肺結核に罹《かか》りやけになり無頼の生活を送っておりクレメンタインを遠ざけようとする。この町には荒くれ男と賭場、酒場と売春宿があるばかりである。ここは君が居るような場所ではないと冷たく言って追い返そうとする。純真なクレメンタインをこんなところで住まわせるわけにはいかないと思っている。

ドクは本当はクレメンタインに惚れていたのではないだろうか。

彼は無頼の生活を送りながらもシェークスピアの戯曲の一文を諳《そら》んじるなどインテリの一面も持っている。

ドクには彼に心を寄せるメキシコ女性チワワがいる。

ドクが金塊の輸送を護衛するために町を離れる。金庫に預けていた金をすべて引き出しているしチワワは死んだ弟の持っていたペンダントを持っていた。チワワはドクホリデーから貰ったという。それを聞いてアープは弟を殺したのはドクだと思い彼を追う。

やっとつかまえたがドクには憶えが無い。それならとドクと町に戻ったアープはチワワを問い詰める。実はならず者一家のクラントンの息子から貰ったと告げる。

チワワは陰で聞いていたその息子に銃撃される。

ドクは重態となった彼女の手術をする。その手術が終わった後でクレメンタインはドクに向かって貴方は立派だったわと言うとドクはいや頑張ったのはチワワだったと冷たく言って去る。

その一連の状況を見ていたアープは酒場のバーテンダーに向かって恋をしたことがあるかと尋ねる。

日本語の字幕を見ているだけなので本当はどのように言ったのかは分からない。がアープはクレメンタインに恋心を抱いているのにドクはクレメンタインを無視している。このバーテンダーへの質問の意味はなんだったのか。アープはクレメンタインを哀れに思うが自分は彼女に想いを寄せている。恋とは哀しいものだということを言いたかったのか。

ドクの手術の甲斐もなくチワワはやがて死ぬ。

クラントンの息子は逃げるがアープの弟に撃たれて家に着いたところで死ぬ。追いかけた弟もクラントンの親父に卑怯にも背後から撃たれて死ぬ。その親父は弟の死体をアープの元に放り込み決闘を申し込む。ＯＫ牧場の決闘である。

翌朝駅馬車が通りすぎる時の砂塵の中で撃ち合いが始まり緊迫の場面が続く。

一瞬、黒沢明監督の映画『七人の侍』のラストシーンを思い出した。あれは雨の中の闘いだったが。

撃ち合いの結果クラントン一家は全員死ぬがドクも死に町に平和が訪れる。アープ兄弟は町を離れるがクレメンタインは彼等を見送る。

その別れる時にアープはクレメンタインに向かって好きですとは言えずに「わたしはクレメンタインという名前が好きです」と告げる。

ウーン。しびれるなあ。ここがカッコイイところである。

河島英五の歌で『時代おくれ』というのがあるがその歌詞の中に『好きな誰かを思い続ける時代遅れの男になりたい』というのがあるがそれを連想した。多分打ち明けられなかったのだ。

男の多くはロマンチストである。シラノ・ド・ベルジュラックもそうだ。フーテンの寅さんはいつもそうである。モテナイ男ほどきれいな女の子を見るとすぐ好きになる。自分に自信がないから好きとも言えずにウジウジしている。そこがまた共感を呼ぶのであろう。

私もそのうちのひとりかもしれない。千昌夫の「北国の春」という歌の中にも「好きだとお互いに言いだせないまま……」というのもある。

それはともかくヘンリー・フォンダがカッコよかった。自分が惚れていながらドクが生きている時はドクとクレメンタインの仲を取り持とうとするところなんかフーテンの寅さんとそっくりだ。

はじめてヘンリー・フォンダを見たのはジョン・スタインベック原作の映画『怒りの葡萄』だった。刺戟されて本も読んだ。

内容は大不況時代に故郷を追われた農民のジョード一家がカリフォルニアに渡り資本家に搾取されるところを描いたものである。まだ私の若い時（あったんです。私にも）にはアメリカが素晴らしいところだという教育を受けていたので小説を読んでも本当かなと思ったくらいである。あの赤狩りの気風が残っている時代によくあんな映画を作ったなと今でも思う。それがアメリカのよいところかもしれない。

ドク・ホリデーを演じるビクター・マチュアーもよかった。日本で言うと三船敏郎か仲代達矢かはたまた高倉健というところか。ニヒルに生きる生活がよく出ていた。ヘンリー・フォンダよりこっちの方が重みがあった。ただ肺結核を患っているという役柄の割にはあまりにも健康そうなのがすこし引っかかったが。

映画の題名は日本では『荒野の決闘』となっているが原題は『マイダーリン・クレメンタイン』すなわち、愛しのクレメンタインである。そのクレメンタイン役のキャシー・ダウンズも清楚な感じで可愛かったしチワワ役のリンダ・ダーネルも酒場のあばずれ女をよく演じていた。主題歌もよかった。

この映画のリメークがたくさんあるらしいが実はこれが原作の三作目の映画だという。私はこれしか見ていないが傑作だったと思う。

この映画は太平洋戦争が終わった時に作られた。悪者クラントン一家を日本人に見立てたという意見もあったがそれはどうかなと思う。

ミニシアター

その昔大阪の梅田のコマ劇場（いまはもうなくなった）の地下にコマゴールド、コマシルバーというミニシアターがあった。いずれも六十人ほどしか入れない大きさであった。前者は邦画の、後者は洋画のそれぞれ古い映画を上演していた。入場料は安く二流の映画が多かったがなかには名画も上映されていたような記憶がある。

洋画ではジョン・ウエインの『黄色いリボン』や『駅馬車』などを見た記憶がある。邦画では『鳴門秘帖』や『大菩薩峠』などを見たがあまり感動した憶えは無い。まあそんな映画ばかりであった。

一時映画館が廃れて行ったが最近は（といってももう二十年程も経つか）百人ほど入れる大きさの映画館が三つほど集まりそれぞれが別の映画を見せるタイプのシネマコンプレックスというものができている。とにかくそこまで行けばそれらしい映画は見られる。

総入れ替え制なので時間外れに行けばあるいは満員であれば待たねばならないが休憩コーナーもあり記念グッズやお菓子も売っているので結構長時間過せる。年寄りはシルバー割引もある。

ＤＶＤ化された映画は家でゆっくり見られるがやはり映画館で見ると雰囲気が違う。画面の大きさや音響効果が全く違うし周りが暗いのもよい。残念なのは酒が飲めないだけである。むかしは映画を見ながら飲み食いするのは行儀が悪いとされていたが最近では唐揚げやポプコーンを食べながら見るという風習も根付いている。私はこれは賛成ではないが流れには逆らえない。最近のコロナ騒動でどうなっているのか知らないがここも入場者を制限しているのかもしれない。

全盛期であった昭和三十三年には七千五百近くあった映画館の数（ここではスクリーン数をいう）も平成九年になると千七百とおよそ二十三％まで落ち込み最悪となるがシネマコンプレックスによるものかどうかその後持ち直し令和二年には三千六百と倍増している。ミニシアターが増えたこともある。

いずれにせよ一定の固定ファンを掴んでいる。しかしこれもどうなるか分からない。質のよい映画を提供し続けなければやがて新しいアミューズメントが出てきて衰退の道をたどるかもしれないのである。一時家庭用の大型テレビが出てきたときは劇場用の映画は廃れていくと思われたがそうはならなかった。

一方ボーリング場も最盛期の半分以下になったが最近は持ち直しているようだ。これも減ったとはいえ一定の固定客を掴んだからであろう。

随分前になるが中山律子というプロボウラーが出てブームの火付け役になっていた。今でも老いも若きも楽しめると宣伝しているが統計によると都道府県別では北海道や東北、北陸で盛んなようだ。雪の降る寒い時でも手軽にできるということだろうか。例外的に沖縄はボーリング場は多い。この理由は不明だ。

今後の社会は趣味もスポーツも種類が分散していく。その中で少ないとはいえ一定の支持者を持つビジネスが生き残っていく。オリンピックなど見ているとへーこんなのが競技になるのかと思うものもある。

私の孫などは暇があればゲーム機ばかりいじくっているがひょっとすると将来こんなものも競技の対象になるかもしれない。全世界から集まったゲーマー達が代々木公園でメダルを競うようになるかもしれない。まんざら冗談とも言えない。

テレビでモンゴルの遊牧民の子供がゲル(住居)の中でゲーム機に興じていたのを見てそう思った。

古い文化しか持たない老人は消えゆくのみか。

映画　猿の惑星

この一作目を見たのはたしか学生時代であったように思う。したがって五十年以上も前である。これをきっかけに多くの続編が出たが基本的にはこの作品の亜流である。しかし今見ても着想、メーク、ラストシーンすべてが新鮮であった。

主演のチャールトン・ヘストン（宇宙船船長テイラーの役で出ている）ら四人が宇宙船に乗って三百二十光年先の宇宙に向かう。地球の七百年に相当する時間を光速で移動する。

その途中で自動運転していた宇宙船が故障して見知らぬ惑星に不時着する。一人は設備の故障で死んでいたが宇宙船は未知の惑星の湖に着水しやがて沈む。生き残った三人は不毛の岩山と砂漠を乗り越えやっと緑のある地に辿り着く。そこには田畑の作物を食い荒らしている人間がいた。この惑星の人間は言葉も話せず知能もないため猿から蔑視されている。ここでは猿が人類を支配している。

やがてこれを取り締まる猿の軍団がやって来る。仲間の一人が殺されテイラーは首を撃たれてもう一人の仲間のランドンも網をかけられ捕まる。

人間を収容する檻に入れられたテイラーは学者である猿のジーラ博士（メス）に話そうとするが声が出ない。メモ用紙に自分のことを書いて示す。ジーラは恋人のコーネリアス博士（オスの猿）にテイラーを見せて言葉を話し字も書けることを示す。二人は猿時代の前に人間の時代があったことを科学省の長官であるザイウス博士（猿）に説明するが逆に異端の説を唱えたとして宗教裁判にかけられる。彼は信仰擁護官を兼ねていた。

テイラーは声が出るようになっていたので俺は他の惑星から来たのだと説明する。仲間のランドンがいたと説明するが人間の群れの中にいたランドンは既に脳の言語中枢が切り取られ廃人になっていた。

再び檻に入れられたテイラーはジーラの手引きで抜け出す。コーネリアスも一緒だ。皆は馬車に乗り砂漠地帯を抜け深い峡谷から海に出る。そこにはコーネリアスが発掘した洞窟があり猿類の祖先（彼らの聖典によると一二〇〇年前）よりも古い地層があった。

追いかけてきたザイウスは罰せられるぞとコーネリアスらに言うが科学者なら現場を見てくれと言われて洞窟に入る。そこには人類の骨があり聖典に記されていることと矛盾するとコーネリアスらは主張する。聖典には神は己に似せて猿をお造りになったとある。

一度は去った猿軍団だったが再び追いかけてきた。隙を見てテイラーはザイウスを捕え人質にすると猿の軍団に向かって馬と食糧と銃を持って来いと言う。テイラーは人類の一人であるノバ（テイラーが名付けた）という女性をつれて波打ち際を進む。

果てしなく続く砂浜で突如テイラーは馬を降りた。呆然と前を見つめてやがて砂浜を叩きつけて「なんてことをしてくれたんだ。お前たちは地獄に堕ちろ」と叫ぶ。

その向こうには自由の女神像の上半身だけが砂から出ていた。はじめは女神像の冠の部分が、そしてやがて上半身が映るという仕掛けである。結局ここは地球だったのだ。というところで映画は終わる。

この映画が面白かったのはストーリーもさることながら猿の役で出ていた俳優の特殊メイクであった。目以外は口元や鼻、顔の皮膚、腕の毛などほとんど猿である。しかも表情豊かに動く。その猿が武器を持ち馬に乗って出てくる。これだけでも十分に新鮮であった。

メーク担当はアカデミーの名誉賞を受けている。ジーラはキム・ハンターが演じていたがCASTの画面を注意深く見ないと全く分からない。映画『欲望という名の電車』にも出ていたがあれだけ猿のメークをしていれば誰も気づかないであろう。

興味深い点が色々とあった。

順はバラバラだが宗教裁判の時に三人（匹か？）の猿が裁判官として被告のコーネリアスの前に座るが、コーネリアスが異端ともいえる意見を述べる時に三匹がそれぞれ目や耳や口を押さえる場面がある。もちろん見ざる、聞かざる、言わざるの真似である。あれは日本の譬えであるのにどうしてここに取り上げられたのか。と思ったが欧米にもこのような比喩は存在しているみたいだ。

次に猿が英語をしゃべり字を読むところも説明不足である。しかしこんなことは枝葉末節であるかもしれない。

猿の聖典には、神は己の姿に似せて猿を創りこの世の主とさせたとか、猿は下等な人間から発展したのだがと書いてある。これを猿と人間を入れ替えれば今我々が唱えているのと同じことになる。

まだある。「猿（文明化されたもの）が下等な人間を（より遅れたもの）支配する。これも猿と人間を入れ替えれば痛烈な皮肉とも考えられる。

ザイウスは「我々の猿の世界は人間の世の後に出てきたことは知っていた。神格化された大祖先の猿なんていなかった」ともいう。

人間も祖先は神であったなどと言うのもどうせ作りごとに過ぎないと言いたかったのであろう。

テイラーが「人間はすぐれた知能を持った生き物なのだ」と言うのに対してザイウスは「それならなぜ滅んだのか？　それほど知能があるなら生き残った筈だ」と痛烈な皮肉を言う場面がある。

原作はピエール・プールの小説「猿の惑星」であるがかなり脚色しているらしい。この映画が作られた時は米ソの核戦争の危機が叫ばれていた時である。しかし今見ても十分に面白い映画である。

映画　越前竹人形

水上勉の原作も読んだが映画の方もよかった。竹細工職人の親父の墓参りに来た玉子という娼婦を見て息子の喜助は興味を持ち芦原《あわら》の娼館を訪ねる。そこで親父が作った竹人形を見てそれを超えるものを作ろうとする。喜助は玉子に自分の母親の姿を想う。

二人は結婚するが玉子は自分の体を求めない喜助が理解できない。悶々とするうちにかつての客であった西村晃扮する男が登場し玉子に無理やり関係を迫る。たった一度の関係で妊娠してしまった玉子は京都の西村を訪ねて助けを求めるが知らぬと冷たく拒絶され放浪した挙句玉子は淀川の渡し船の中で出産する。死産であった子供は川に流される。

嵐の夜、弱った身体を引きずって喜助の家に辿り着いた玉子は喜助に看病されながら息を引き取る。哀しい物語である。二人はお互いに惹かれあいながらもとうとうプラトニックラブのまま終わる。望まぬ妊娠という点では「越後つついし親知らず」という作品でも似たような場面があったように思う。

主演の若尾文子は芦原の娼婦役としてはあまりにもきれいすぎた。周りの俳優も見事だった。特に山下洵一郎が演ずる喜助はその純心さがよく表現され福井弁も上手かった。淀川の渡しの船頭役の中村雁治郎の出るところはわずかだったが重厚感があった。

後年この越前竹人形の里を訪ねたことがある。小説では福井市の南にある武生《たけふ》から日野川をさかのぼった上流にそれがあるとなっているがあれは創作らしい。

実際は福井市の北の丸岡町に存在する。大河九頭龍川《くずりゅうかわ》の北になる。ここには竹人形の工房もあり簡単なものなら素人でも作ることができる。プロが作ったものを見たがこれが竹でできているのかと感心した。歌舞伎の三番叟《さんばそう》で見栄を切るところがありその人形が欲しかったが高いので諦めた。日本の各地にはそれぞれ有名な工芸品があるがこれもそのひとつである。竹という素材だけで精緻でかつ様々な作品ができるものだと思った。見事なものだった。

映画　楢山節考《ならやまぶしこう》

原作は深沢七郎だ。信州の山奥の寒村が舞台となっている。この信州に限らず全国各地にある棄老《きろう》伝説を書いた数多くの作品が出ている。

とくにこの小説はこれまでの類似の作品のイメージを覆すものであった。幾度か映画化がされているようだが私が見たＤＶＤ（映画化されたものをＤＶＤにしたもの）は緒方拳と坂本スミ子が演じるもので監督は今村昌平だったように思う。

貧しいこの村では七十歳になると誰でも楢山《ならやま》と呼ばれる「お山《やま》」に行かねばならない厳しい掟《おきて》がある。口減らしのための姥捨《うばす》てである。その前に村の長老を招いてなけなしの飯と酒をふるまう儀式がある。親孝行の辰平はその儀式を済ませた翌早朝まもなく七十になる母親のおりんを背負って山奥に入る。いくつもの山と池を通り過ぎ辿りついたところには既に遺棄された人の骸骨やカラスに啄《ついば》まれた死体が散らばっている。凄惨な場面である。掟通り辰平はここに母親を置きざりにし山を下りる。ここに来るまでは決して言葉をかわしてはならないというのが掟だが辰平にはそれができない。下山途中で雪が降り出した。雪が降るのは運がよいと言われた。理由は分からないが多分楽に死ねるからかもしれない。

辰平はかけ戻り母親に声をかける。「おっかあ雪だ。雪が降ってきた。運がええのう」というがおりんは早くあっちへ行けと手で合図する。

私はこの原作を何度も読んだ。当時の批評家も絶賛したというが私も感銘を受けた。それほど長編ではないが衝撃を受けた。DVDもほぼ原作を忠実に再現していたように思うが加えて寒村の生活や人々がその中で生き抜く場面が描かれ生命力が感じられるものであった。

DVDには男女の性を描く場面もいくつか出てくるがそれがエロチックに感じられずむしろろくに食べ物もない生活においても性への欲望が出てくるのだなあと感じた。

人が生きる原動力とは何であろうか。この映画の脚本、演出家はそれを問うのを目的としているのかもしれない。山奥の貧しい生活、その中でも生をつないでいく場面を描くことによってその命題を与えているのかもしれない。

ふとここで小説「ヒカリゴケ」を思い出した。武田泰淳の短編であるが実際にあった事件を題材にしている。北海道の羅臼《らうす》の北の方で遭難した船の船長と乗組員が海辺の漁師の番屋に辿り着き船長が死んだ乗組員を食べるという事件であった。裁判にもなった。肝心の船長は平常心を失っており死体損壊事件として取り扱われているのでその後の経緯は知らない。

この罪を罰するべきなのかどうかは難しい命題だと思う。目の前に食べるもの（死体）があった時に生きるためにそれを食するのが是か非か。多くの宗教ではもちろんこのような行為は認めていない。がしかしそれは平常時の話ではないのか。極端な環境下の行動はどこまで許され他人が裁けるものなのか。食人すなわちカニバリズムは別の稿でも触れたが大岡昇平の「野火」にも出てくる。

極めて稀とはいえやはりあったのかもしれない。悲惨な事件である。

この楢山節考に出てくる寒村がどこかは特定されていない。おりんは自ら進んでお山に赴くが辰平が山を下るとき別の村人が父親を籠に押し込めながら山を上ってくるのを見てしまう。籠の中では老いた父親が助けてくれと叫んでいるのを構わず崖の上から籠もろとも突き落としてしまう。むごい話である。

多くの人はこうだったのではないか。にもかかわらず人は生きていく。生をつないでいく。

この映画はそれを言いたかったのではあるまいか。見終わったあと複雑な感情が残る。

動物の世界では生殖能力を失ったものはこの世から消えていく。消えていかねばならぬのだ。

鮭も産卵し終われば死んでいく。自分はいま何も生産せず細々ではあるが消費するだけである。お上《かみ》から年金をもらって。生殖能力なんてずっと昔に無くなった。それでも生きている。人間で良かった。

映画　二十四の瞳

五年ほど前に小豆島に行った時にこの映画を見た。

そのあと家に帰ってからもDVDを借りて見た。よく理解できない部分もあったしやはり感動したせいもあって再び見たのである。壺井栄《つぼいさかえ》の小説も読んだ。小説の最後の方は映画では描かれていなかったように思うが戦前の小豆島の風景が出てきて感動した。

ここには映画村と言うものがあり映画のセットも残されている。その校舎の窓から見る瀬戸内海の風景も素晴らしかった。映画で見るシーンそのものであった。あの映画と何も変わっていなかった。

十二名の純朴で可愛らしい小学生が出てきて新任の女の先生（高峰秀子が演ずる）との間で楽しい遊びと勉強が繰り広げられる。

この映画村では昔の学校給食が食べられる。コッペパンと牛乳とあと何か一品付いていたように思う。すぐ横に小さな映画シアターがあり常時『二十四の瞳』の映画を見ることができる。監督脚本が木下恵介で脚本がよくできていた。男先生が笠智衆《りゅうちしゅう》だったと思う。この映画は反戦を訴えたかったようであるがそれより子供たちの純朴さがよく出ていた。

貧しい村ではなかには学校に通わせることに反発する親もあり先生は苦労するが子供たちはすぐに先生に心を通わせていく。

子供たちがいたずらで作った落とし穴で先生はアキレス腱を痛め休まざるを得なくなるが子供たちはそれを心配して先生の家を訪ねて行くシーンがある。小さい子もあり途中で泣きだす子もいて見ている方も泣かされる。

作者の壺井栄は実際には先生はしていなかったようであるが当時の島の生活がよく描かれていた。ここが彼女の故郷であったらしい。

やがて戦争がはじまりそれが終わって再び皆は集まる。教え子の一人は片足を失い一人は視力を失っている。目の見えなくなった子は昔の写真を見ても分からない。しかしそれらしいところを指差す。

皆はそれを褒める。

感動的なシーンである。作者はここを一番表現したかったみたいだ。反戦を主張しているがそれだけでもないように思う。他人への思いやりであろうか。

人は生きて行く上で様々な場面に遭遇する。それを共有できる仲間ができる。一人ではないのだ。その思い出を持てるところが素晴らしい。

以前住んでいたところに家内の墓を建てた。いまは遠く離れたのを言いわけに墓参りには年に一回くらいしか行かないがその墓地の中に「想い出」と書いた墓石がある。これを見るたびに人の一生なんか思い出を作るためにあるのではないかと思う。いや思い出を作るためと言うよりも想い出しか残らないと言った方があっているのかもしれない。その時にこの映画の最後のシーンを思い出す。

壷井栄は生涯に二十六編の小説をものにしている。友人に宮本百合子や佐田稲子がおり交流もあったが共産主義とは一線を画しほぼ児童文学を書いている。私はまだ十編ほどしか書いていない。私も一つくらいはこんな感動的な本を書いてみたい。

戯曲　欲望という名の電車

テネシー・ウイリアムスの代表作である。

随分前からこの戯曲の名前は知っていたが読んだこともなく映画も見ていなかった。日本ではよく新劇系統の劇団の演目になっていたのでそんな内容だと思っていた。

タイトルも変わっていたので何かの象徴で付けたものだと永らく思い込んでいた。舞台はアメリカ南部のニューオーリンズである。

ここはミシシッピ川がメキシコ湾に注ぐ港でかつてはフランスの植民地であった。今もフレンチクオーターと呼ばれる一角がある。ここにはフランスの雰囲気が色濃く残っている。たとえて言えば横浜の中華街のようなところかもしれない。ジャズ発祥の地ともいわれ猥雑なしかし活気あふれる街である。

そこにはかつて実際に『欲望』行きという路面電車が走っていたそうである。主人公はそれに乗り『墓場』行きに乗り換え『極楽』というところで降りるところから物語は始まる。なんとまあ意味深な名前である。

主人公のブランチ・デュボアは妹のステラがこのフレンチクオーターに結婚して住んでいるので訪ねてきた。来てびっくりした。バスルームと二部屋しかなくしかも借家である。その二部屋もカーテンで仕切られているだけである。かつてベルリーブの邸宅に住んでいたブランチにすれば我慢できない。

ステラの夫スタンリー・コワルスキーは工員で軍隊時代の友だちとボーリングやポーカー賭博に明け暮れている。しばらく話をしてスタンリーが粗野で暴力的で教養の無い人間であることが分かる。ブランチとそりが合わず二人は次第に険悪になっていく。

ブランチはステラにベルリーブの家を手放したことを告げる。母親の病気のため多額の借金をしておりその返済のため売却したのだ。

ポーカー仲間のハロルド・ミッチェルだけは少し紳士の雰囲気がありブランチと次第に親しくなっていく。やがて二人は互いに必要だと思うようになる。ミッチェルの母親は病気で余命幾ばくもない。その母親はブランチの年を訊こうとする。そこでブランチもかつて結婚していたことを告白する。しかし相手はホモだった。その現場まで見てしまいブランチに嘲笑された彼はピストルを咥《くわ》えて自殺する。頭の半分が吹き飛びブランチは心に大きな傷を受ける。

心の支えを失ったブランチは今度はホテルで次から次へと男を取り換えていく。ホテルの人間もいい加減にしてくれと言うが最後に手を出した相手はまだ十七歳の少年だった。

一方スタンリーは工場に出入りする商人からその後のブランチの行状を聞いていた。

とうとう学校もクビになりここニューオーリンズにやって来たのだった。この情報はミッチェルも知っていた。当然ミッチェルは結婚する気も失せる。

妊娠していたステラは病院で出産を待つ。部屋で二人だけになったところでスタンリーはブランチを犯す。女はヤルものだとしか考えていない男である。

完全に心の安定を失ったブランチは結局は精神科医に連れられて行くところで芝居は終わる。

ニューオーリンズは分かるがブランチが以前住んでいたベルリーブがどの辺にあるのかは不明で南部地方としか分からない。

この戯曲の解説では没落社会に住んでいる人と勃興しつつある逞しい労働者階級との葛藤を描いたものであるとの説が紹介されている。それ以外に作者が何を訴えたかったのか今ももう一つよく分からない。私はそのような大きな流れではなく不運が続き幻想と真実の区別がつかなくなりやがては狂っていくブランチの姿を描いたものではないかと思う。ちょうどこの時代にアメリカでの工業化が始まり時代が大きく変わろうとしていた時である。

その時代の流れについていける人と取り残される人の姿を描いたものと思う。

作者のテネシー・ウイリアムスは「ブランチは僕自身だ」と言っている。

彼の父はセールスマンで留守が多く暴力的で酒と博打が好きだった。ちょうどこの作品に出てくるスタンリーのようである。母は神経質でこの一面はブランチに反映されている。姉は精神障害で家庭環境は不幸だった。このためかどうかは分からないが各地を放浪し孤独と貧困を味わった。この辺は作品にもところどころ現れる。

アメリカにもこのような裏側の世界があるのだ。

一方でテネシー・ウイリアムスは多くの名言を残している。曰く「痛みは生きている証しだ。苦しい時の方が色んなことが分かる」とか「特に行くべき場所がなくとも旅立ちの時と言うものがある」などがある。

主役のブランチ役は映画ではビビアン・リーが、スタンリー役はマーロン・ブランド、ステラ役はキム・ハンターであった。ビビアン・リーは映画「風と共に去りぬ」に出演していたときよりもかなり年配になっていた。マーロン・ブランドは舞台公演の段階から出ていたそうである。

この戯曲は何よりもその魅力的かつ暗示的な名前に惹かれる。現在はもうこの名前はないようだがこの路線は世界最古の路面電車であり観光客に人気があるそうだ。

映画　カサブランカ

これも白黒映画だ。第二次世界大戦最中のモロッコの街カサブランカを舞台にした反枢軸国プロパガンダ映画である。

作られたのは一九四二年というから戦争中である。翌年の一九四三年（昭和一八年）に三部門でアカデミー賞を受賞しているが日本での公開は戦後のことである。当時はドイツが破竹の進撃を続けフランスは第三共和制が崩壊し新しい政府がパリから田舎のビシーに臨時の首都を移していた。当時のモロッコはそのビシーフランスの植民地であったが中でもカサブランカは自由の国アメリカに亡命するための中継基地になっていた。ここからポルトガルのリスボンに飛びさらにアメリカを目指すのだ。しかしここにもドイツの手が伸びてきている。

このカサブランカでカフェを経営するのが主役のリチャード（通称リック）でハンフリーボガードが演じる。彼は過去にエチオピアの反政府運動を支援するなどし、今も秘かにレジスタンス運動を陰で援けているが一方でこの地の警察署長ルノー（クロードレイン）が演じる）と友人でもあるという役柄である。

折しもモロッコでドイツの諜報員が殺され通行証が奪われるという事件が起きる。犯人はカサブランカに潜入したらしい。その犯人の一人ウーガーテは追われているがこのカフェに入り込む。ここで通行証を今夜だけでも預ってくれとリックに託す。

そこにレジスタンス運動の指導者の一人ビクターラズロ（ポールヘンリードが演ずる）が美しい妻を連れてやって来る。ピアノを弾く黒人のサムは彼女を見て昔パリで会ったことを思い出す。彼女も憶えていてその時の曲『時のたつまま』(As Time Goes By)を弾いてくれと頼む。それを聞きつけたリックは「その曲は弾くなといったはずだ」と言ってやって来る。サムは「あの人が言ったので」と目で合図する。

リックは彼女を見てパリで別れた彼女をすぐさま思い出す。彼女こそはパリで愛し合ったイルザ・ランド（イングリッド・バーグマン）だった。夫であったラズロがオーストリアで逮捕され死んだということを聞き傷心状態であったイルザだったがその後リックと愛し合うようになったのだ。

しかしそれもつかの間であった。まもなくナチスドイツがフランスに侵攻したどさくさでふたりは離ればなれになりやがてリックはカサブランカに渡る。まさかこのような所で再会するとは思わなかった。

ラズロは警察で拘束されるようになる。ここで捕まればフランス本国へ送られるのは必定だ。さらにドイツ軍に逮捕されるだろう。ルノーは立場上そうせざるを得ない。

リックは一計を案じラズロを逮捕させてやると言ってルノーにラズロを釈放させる。まずこの警察署から出さねばならない。やがて釈放されたラズロはリックの店にやって来る。

リックが通行証を渡した時に隠れていたルノーはラズロを逮捕しようとする。

その時リックはルノーにピストルを向けて飛行場に行くように命令する。ルノーはリックにまんまと騙されたのだ。

その後四人は飛行場に着きルノーは通行証にサインする。通行証は二人分しかない。その時リックはラズロ夫妻と書くように言う。

イルザは「オーノー。それは違う」と言うがかまわずリックは「ラズロには君が必要だし君もラズロを必要としている」と言う。

イルザはてっきりリックとラズロが飛行機に乗ると思っていた。「でも貴方は？」との問いに「俺たちにはいつでも想い出のパリがあるさ」（かっこいいなあこの言葉）、さらに「今はいいが俺と一緒ならやがて後悔することになる。俺は何者でもないがこの狂った世界を変えるために力を尽くす」と言う。「君はその仕事の邪魔になるだけだ」と冷たく言い放つ。涙を浮かべるイルザに対してリックは「この瞬間《とき》を永遠に」とも言う。別れの言葉である。

ラズロに向かっては「イルザは昨夜俺の店に来たよ。いまでも俺を愛していると言って。……しかしそれは通行証を譲って欲しかったからだ」とも言った。ラズロとイルザはリックの思いやりを解した。

二人は飛行機に乗り飛び立とうとする時にドイツ軍のシュトラッサー少佐が異変を感じてやって来る。管制塔に電話して飛行機の出発を止めようとするがリックは受話器を置けとピストルを構える。少佐が刃向かおうとピストルを構えた時リックは少佐を撃つ。まもなく駆けつけた部下に向かってルノーは少佐を撃った犯人を探せとあたかも第三者がいたかのように言う。

リックとルノーの友情は変わっていなかった。と映画はここで終わるがまもなく連合国側の反撃が始まりドイツ軍はフランスからジリジリと押されていく。

イングリッドバーグマンは実にきれいであった。この後『誰がために鐘が鳴る』や『オリエント急行殺人事件』あるいは『ガス燈』でも観たがこの時が最高であった。もっともオリエント急行殺人事件では結構年配になってからであったし役柄も地味であった。

ハンフリーボガードが出ている他の映画は知らないが彼はこの一作でスターになったそうだ。ルノー役のクロード・レインは如何にもフランス人という役柄であった。警察の帽子をわざと斜めに被りおしゃれ感を出していた。

ずっと後になって『アラビアのロレンス』で軍事顧問の役として出ていたのを思い出した。年を取っていたということもあるがこのカサブランカと違って渋い役柄であった。

映画　となりのトトロ

この映画は宮崎《みやざき》駿《はやお》監督のアニメ映画である。孫がこのＤＶＤを持っているのでなんども観た。同監督の作品ではほかに『千と千尋の神隠し』とか『風の谷のナウシカ』『ルパン３世カリオストロの城』だとか色々持っているがこのアニメが一番好きだ。

時代がいつかは分からないが小学生くらいの男の子が学生帽を被っていたり田植え仕事をしている大勢の農家の人が出てくるところとか母親が入院している療養所の風景を見るとひょっとすると戦前かもしれない。

このアニメには悪者は一人も出てこない。純粋な心を持った子供にしか見ることができないトトロという優しい妖怪が出てくる。母親が入院しているので姉のサツキと妹のメイという姉妹が田舎の家を借りて父親と寂しい生活を送っている。

やはり戦前かもしれない。バス停の裸電球やダイアル式の電話とか蚊帳《かや》を吊って寝るだとか道も舗装されておらずバスには車掌が載っているとかやはり戦前か終戦直後の風景である。

私はこのアニメの中で土手の上を走っている電車を見ていつだったか忘れたが群馬県の方に仕事に行って地方の私鉄に乗ったことを思い出した。行った先の会社の名も私鉄の名も忘れたがとにかく田舎道をを歩いたことがあった。その時の風景を思い出したのだ。

映画では夕方だったが土手の上を小さな電車がライトをつけてトコトコ走る場面がある。まわりには街灯もほとんどなくあれも戦前の風景に見える。

私の小さい時も似たようなものだった。

周りの水田の向こうに京阪電車がライトを点けて走る。周囲は真っ暗だったから光芒はくっきりと見えた。車内の明るさもよく見えた。今は違う。周囲は明るすぎて電車の前照燈などはそれほど明るく感じない。夜になって空を見上げても何となく薄明るい。妙に物足りない。暗闇があって星空がある。あの暗さが懐かしい。

しかしこのアニメに出てきたのは薄暮の中を走る電車であった。

このジジイはそれだけでも懐かしがるのである。

妹のメイが家で独りきりが寂しいので姉が勉強している学校へ覗きに行くが先生はそれならお姉ちゃんの横に座りなさいと言って姉妹揃って机を並べて勉強するところや、メイが行方不明になった時に村人が総出で探す場面からは周囲にやさしいひとばかりが出てくる。

繰り返すが悪い人は出てこない。このアニメの主題はそのような社会を望んでいるかのようだ。

シネ・ジャズの世界

五十年ほど昔フランス映画が盛んだった頃があった。フランス映画というよりヨーロッパ映画といった方がよいのかもしれない。

その時代フランス映画の音楽にはジャズが多用されていた。その音楽を総称してシネマ・ジャズ、略してシネ・ジャズと言っていた。

ジャン・ギャバンが出てくるギャングものが多かったように思う。この時の代表的なものに『死刑台のエレベーター』がある。

残念ながら映画はユーチューブで一部しか見ていないがこの映画音楽にマイルスデイビスの即興演奏がある。映画の試写を見たマイルスがインスピレーションで即興演奏したというが映画の内容にぴったり合っていた。

ジャン・ギャバンが出てくる映画では『望郷（ペペルモコ）』やほかにも色々とあったように思うが思い出せない。

もっと古いものではブレヒトの『三文オペラ』の中のマック・ザ・ナイフがある。これなどモダンジャズの定番だ。なんと八十年前の映画だそうで私は見ていないし舞台も知らない。

これも古いが映画『撃墜王アフリカの星』に出てくるアフリカの星のボレロなんかボンゴかコンガか分からないが長いイントロがあって印象的なメロディーが流れる。映画技術は大したことはなかったが第二次大戦後に作られたドイツ映画としては優れた部類に入る。この中で多くの敵機を撃墜して英雄視される主人公が「それでもそれだけ多くの若者を殺したのだ」と述懐する場面がある。やがてかれも飛行機の故障でアフリカの砂漠に散っていく。印象的だった。

スウェーデン映画の『怒れる若者たちの遊び』のテーマもジャズ音楽としては迫力があった。レコードは持っていたのだがどこかに行ってしまった。

ピエトロ・ジェルミ主演の『刑事』や『鉄道員』特に『刑事』の中に出てくるアモーレ・アモーレ・アモレミヨなどは日本でも随分広がった。もっともこれはシネジャズから随分後だが。

この時代に活躍した音楽家にニーノ・ロータがいるが彼のつくった『太陽がいっぱい』『道』『甘い生活』や後にハリウッドの映画である『ゴッドファーザー』や『ロミオとジュリエット』の音楽がある。ナルシソ・イエペスの『禁じられた遊び』はクラシックギターの教則本には必ず出てくる。

映画『殺られる』のテーマ曲はアートブレーキーのドラムのイントロのゆっくりとしたバスタムの

連打が続き緊迫感があった。
　同じくアートブレーキーの『危険な関係のブルース』ではドラムのソロが素晴らしかった。

　今はアメリカが映画の総本山だがそのなかでも映画音楽には素晴らしいものがある。例えば『旅情』『慕情』『ひまわり』などが。ほかにもディズニー映画などでは『星に願いを』『美女と野獣』などかぞえきれない。映画資本がアメリカに集約されたので仕方がない面もあるが近年ではヨーロッパ映画で秀作は数少ないように思う。製作本数が少なくなっているのだろう。
　そういう意味もあるが多感な時代に見た古い映画はいつまでも憶えている。私でも多分感受性が豊かであったのかもしれない。映画音楽は映像とも繋がっているのでその音楽が聞こえるだけで映像の記憶がよみがえる。

　最近の映画は破壊と言うか暴力シーンが多過ぎる。ＣＧとの融合は進んでいるが抒情豊かな作品が少なくなったように感じる。むしろ邦画の方が良い映画があるように思うが如何であろうか。

4. まつりごと

四か国の中でトップ

二〇二一年五月のネット記事で四か国の中で日本がトップという記事が出ていた。何でもトップというのはいいことだと思ってよく読めば考えさせられる内容であった。

日本が三十一・三%、アメリカが十四・二%、ドイツが十三・五%そしてスウエーデンが九・九%である。何のことかと言うと六十歳以上の老人が男女いずれかの親しい友人がいない割合である。すなわち孤独である人がこれだけ多くいるということである。

私自身はイエスアンドノーである。全くいないわけではないが親しいかと言われると微妙である。そういう人間は死んでしまった。

まあかつてはいたのである。さいわい娘と孫は近くにいるのでそれほど孤独感はないがここで言う孤独な人とは子供がいないとか絶縁状態にあるとか同居者がいない人が大半であろう。

私が住むマンションでも独り暮らしが徐々に増えている。子供が他所へ出て行き連れ合いが亡くなれば当然一人となる。市か区役所かは知らないが行政も気にしている。月に一度映画会（戦前の俳優が出てくるような古い映画だが）をしたりお茶の会といって簡単なお菓子とコーヒーが出たりする。

会費としてその場で百円ほど払うだけである。ある会では女子高生がお手伝いとして出てくる。そのほかの世話人もボランティアである。それもいくつかの場所でやるから月に五回ないし六回ほどもあった。

今はコロナで永らく中断しているがいつも二十人近くの参加者があった。顔見知り同士はお互いに話し合っているが見ているとどうもその輪は広がっていない。私のように独りで参加している者はずっと一人である。

近くの人に話しかけても話はすぐに途切れる。共通の話題がないのである。

したがって面白くないのでちょっと出ただけですぐ帰ってしまう。こういう場で仲間の輪を拡げて行くにはどうすればよいであろうか。主催者側では簡単なゲームや紙芝居をしたりするがその場限りとなる。自己紹介をさせると、もともとフレンドリーでない人は嫌がるしあまり面白い話にならないので長続きしない。

これからは高齢化が進みまた孤独化も拡がっていく。いずれ痴呆症が進むといってもできるだけそれを遅らせて社会の負担を軽減しなければならない。

モーニングカフェとか言って二百円ほどでトーストとコーヒーの出てくる集まりもある。そこには手伝ってくれる高校生の女の子もいるがジイサン・バアサンは彼女らに一声かけるだけで終わりである。ここでも話が続かないのである。従って一緒に来たジイサン・バアサンだけのグループから外に発展しない。共有できる世界が無いのである。

モーニングカフェでは十回ほど行くとその次は無料になるというインセンティブが付いているがこのようなことを他で展開できないだろうか。例えば何度か会合に出てくれれば市バスの乗車券がもらえるとかいうサービスである。効果は限定的ではあるかもしれないが市にとってみれば別に損が発生するわけでもないし、いいと思うのだがどうだろうか。

鉄道の衰退

正式な名前は忘れたが『秘境駅』をテーマにしたテレビ番組を見た。その駅では乗降客が一日に二ないし三名だという。もちろん無人駅である。レポーターは朝早くから夜遅くまで待ってそれを確認している。高校生がひとり朝夕に乗り降りするだけだった。夕方からは駅のホームには当然ながら照明がつく。恐らくあの電気代すら稼げないのではないだろうかと心配する。路線を運営するには色々と金がかかる。

駅は無人にするにしても改札やホームの電気代や維持費、さらには架線に流す電気もジュール熱で電気を消費する。レールには信号用の電流を流して列車の通過を検出するようにしているがレールの錆びがあるとこの信号検知はうまく働かない。このため営業用の列車を走らせる前に空の列車を走らせてその錆を落とすことが必要となる。

毎日かどうかは知らないがたしか規則で決まっていたように思う。つまりこれにもお金がかかる。にもかかわらず少ない乗客では赤字になるのも無理はない。経費を切り詰めるといっても限界がある。方策の一つとして減便があるが運行本数があまりにも減ると今度は誰も鉄道を頼らなくなる。

省力化としてのワンマンカーもあるがそこまでである。まさか運転手を無くすわけにはいくまい。


鉄道の場合は車体はもちろん線路と電源を含めた付帯設備などの面倒も見なければならないがバスにすれば車体の保全だけで済む。このため安易にバス化が進む。

しかし輸送量は少ないので運賃収入は少なくまた人件費もそれほど減らないそうだ。そのくせ全国的に新幹線を作りたがる。

一時西日本ＪＲの子会社で電気システムの保全を担当している会社から信号システムの保全の合理化を打診されたことがあった。

随分前になるのでオープンにしても差し支えないだろう。湖西線のレールについているボンドと言ってレールとレールの継ぎ目に短いが太い電線が付いている。レールの踏面ではなく側面についている。これは架線から導いた電気を流すが同時に信号も流している。

二本のレールのうち片方の溶接が外れた。片側のボンドがあれば列車は走ることはできるが信号の検知ができなくなった。

従って信号が切り替わらないのである。

場所は湖西線のマキノ駅と近江永原駅の間の高架の付近らしいがこの場所を見つけるのに随分苦労されたらしい。ボンドは表面から見ればレールにくっついているように見えるが僅かに外れて電気的には繋がっていなかった。

ある方法を提案したがポイントがある部分では使えず結局解決できなかった。幸い列車の本数が少なく大きな影響は出なかったらしいが担当者は慌てたであろう。まあこのように設備のメンテナンスには苦労が多い。人も技術も必要である。すなわち金がかかるということである。

一事が万事である。ほかにも架線やパンタグラフのシューの摩耗具合が遠隔で分からないかとかの相談も受けたが一つとして解決できなかった。

まあ言いたいのは設備保全というのは課題が多く残されているのだ。普段は何気なく利用しているが後ろで苦労している人も居るのである。

『狭い日本そんなに急いでどこへ行く』というCMがあった。随分昔です。すいませんね。私の話は古いだけで。

新幹線を作るような金があれば今の状態を維持するために使えば良いと思うがいかがであろうか。

高速道路も鉄道路線に沿って作ることが多い。違うところに作るのであれば分かるが似たような場所に作れば鉄道は太刀打ちできない。金食い虫は衰退していく。それを幾分でも食い止めるために高速道路の料金を高くしているのかなとも思ってしまう。

新幹線はもっと複雑なシステムである。当然メンテナンスコストもバカにならない。政府はこの辺が分かっているのであろうか。マスコミも冷静に分析して警鐘を鳴らすべきである。

町の名前

バカの一つ憶えみたいだ。合併後の町の名前である。昭和の末期から始まった多くの町の合併により広域行政が進んだ。行政の効率化を目指しているのでやむをえない面はあるが疑問に思うのは合併後の町の名前である。なんでどこもかしこもひらがなにするの？

調べてみると町と市を区別しなければ　あきる野、あま、あわら、いすみ、いわき、いなべ、うるま、うきは、えりも、おおい、おいらせ、かつらぎ、かほく、かすみがうら、さぬき、さいたま、さくら、せたな、つるぎ、つがる、つくば、ちの、つくばみらい、ときがわ、たつの、まんのう、みどり、みなべ、みなかみ、むかわ、むつ、むつみ、みよし、ひたちなどみんなひらがなである。

合併前の町の名前を残すと不公平になるのでだめだとかで親しみやすいからひらがなにするのだという意見がある。たしかに元の住民を納得させる必要もあるかもしれない。

はたしてそうであろうか。たしかに読みにくい名前もあるが名前はその土地の誇りでもある筈だ。元の名前にはいわれがあり歴史がつまっている。どうしてこのような名前になったのかということを追及するだけでもその土地に愛着がわく。中には残念な名前があるのでそれは直しても良いだろう。それすらも残したいという意見があるかもしれない。

自分だけかもしれないが平仮名では町の名前が軽く感じてしまうのだ。

とにかく安易に変えないよう工夫すべきだと思うが具体策がない。

私が生まれ育った町で私鉄の新しい駅ができるようになった。かなり前である。昔の駅が少し離れた場所に移ることになった。といってもほんの三百mほど先である。この時にその場所が縄文時代の遺跡が発掘されたところだったのだがその地名を新しい駅の名前にした。つまり古名、古称を使うのも一つの手段かもしれない。

おかげで遺跡が存在したことを知らしめる効果もありそれを通じて住民にその土地への愛着がわくようになったと聞いた。

また別に合成地名というのもある。陸前高田市、由利本庄市、会津若松市、河内長野市などは二つの町の名前をくっつけたものだとすぐ分かるが合成とは気が付かないものもある。

東京の大田区などは大森区と蒲田区が合併して作られた名前だし京都府の久御山《くみやま》町は久世郡と御牧

村さらには佐山村からそれぞれ一字をとって付けられたと言う。兵庫県にも香美町がある。これは香住町と美方郡の合併から生まれた名前である。こんな例は数多くあるのにどうして参考にしなかったのかなと思う。

こんなことは合併前に検討されるべきであるがボトムアップではなくお上からのトップダウンだったから検討する時間がなかったのか。

名前は重要である。子供に名前を付けるのと同じだ。末永く順調に育ってほしい。立派に育ってほしいという願いがこもっている。町の名前はもっと長く使われる。住民に慕われ誇りに思われる名前を付けるべきである。

もう一度言う。名前は大事である。とにかく安易にひらがなの乱用は避けるべきである。

人生百年時代

TV番組で「人生百年をどう生きるか」と言うのがあった。増え続ける高齢者を支える公助もどこまでも拡げていけるわけではない。限界がある。国の助けを期待するのではなく国民の方から積極的に働き掛ける方法を模索することを提案している。
この番組では貸農園を通じて老人のコミュニティを作っている小島希世子さんという人が出てくる。この集まりはもちろん高齢者が対象だがいまや若い人も加わり老若互助の役目も果たしているそうだ。このなかでいくつかの興味深い話があった。

一つは高齢者の経験を伝えてもらうのである。人にはそれぞれの人生がある。その生い立ちや経験を豊富に持っている高齢者からまずは語ってもらうということをするのである。こうした方がよいだとかいう説教めいたことは一切言わない。同じ世代の老人からはなるほどと思うかもしれないが若い人の多くはそれを教訓として受け止めないかもしれないからである。このコミュニティはそんなことは一切期待しないそうである。
しかしどんなに平凡な人生と思っていてもその中身は大変だった筈である。これを聞いて若い人がどのように思うかは分からない。それはそれでよいそうである。変に肩に力を入れないのである。また一人か二人の話で終わるそうである。これを聞いてそれでは俺もということになって続いていく。

二つ目は国の遊休地を借りてこの輪を拡げていこうとしている人が出てきていることである。このような輪が広がっていくのを期待したい。

お上から年金を貰って生きている人間が偉そうなことは言えないが私のような老人でも何かをして

社会の役に立ちたいと思うが右足が不自由ではどうしようもない。運転免許も返上した。できるのはボヤクことだけである。神戸のジジイのボヤキである。

最低賃金

労働者の賃金が上がるのはそれ自体は結構なことである。しかし現代社会は相互に結びついている。簡単には行かない。引き上げ↓正社員からアルバイトへ↓実質低賃金↓過重労働↓経済シュリンクという実例を見ることができた。韓国の例である。

これも政治の指導者のせいとばかりに簡単に片づけられない。為政者は国民への善政と思ってしたのだろうが結果はそのような単純なものではなかった。

経済学者も当時は異論を唱えなかったので彼等もいいことだと思っていたのだろう。しかし結果は見事に裏目に出た。

何が悪かったのであろうか。経済学者は分析して色々な意見を言うがすべて後付けの理屈である。学者ならはじめに言わねばならない。考慮すべき何かの要素が欠けていたのだろう。

シングルマザーとか若い人には生活できるだけの賃金は必要だろう。それは理解できる。

しかし人生百年時代を迎えて老齢の人も同じく最低賃金が保証されるべきであろうか。働く意欲のある人にはそれなりの労働と賃金があってもよい。家族を抱えそれを養わないといけない人には最低賃金というのは必要だ。

私でもできれば働きたいが雇ってくれるところはない。誰もこんな動きの悪い人間は使わない。当然である。働きの悪い人間はそれなりの給料でいいと思う。給料は安くて良いから働く場が欲しいのである。そのような機会を与える仕組みがあってもよいと思うがその制度設計は難しい。最低賃金はすべての人に平等に与えるが例えば①六十五歳以上の高齢者、②一定額以上の資産がある人、③年金以外の収入がある人などはその対象から外してもよいのではないだろうか。

果たしてそのようにうまく機能するかどうかは分からない。

サービス業などはこのような老人ばかりを使うようになり若者の就職機会を奪うだろうか。結果として自動化が進むだろうか。

毎年恒例行事のように最低賃金の議論が交わされる。十円玉数枚のために専門家がたくさん集まって議論するが枝葉末節のような気がする。もちろん根本的なことも検討されているのであろうが国民にはよく分からない。国が目指す崇高な目標が明示されないから小手先のことに終始しているように見える。

もうそろそろ目指す国のカタチを明らかにすべき時が来ている。戦後七十二年もたったのだ。議論してもよい頃だと思う。

政治

国民は等しく選挙権を持っている。民主主義が保証されているところではこれが制約なしに使える。いまの日本がそうだ。素晴らしいことである。

しかしそこから先である。日本の現状を皮肉を交えて言うと好きでもない料理を目の前に並べられてどれかを選べと言われているようなものである。どれも食べたくないがどれかを選ばなければならない。

サッカーのオウンゴールのようなもので与党はコケてコケてコケ回っている。永年の権力の座に居座り驕《おご》り昂《たか》ぶり弊害も目立つ。官僚もべったり寄り添っている。その方が出世できるからである。片や野党となると反対ばかりで何一つ建設的なことができない。

自分たちが政権をとった時に何をするかが明確でない。国会の質疑を見ていても与党を批判するのは良いけれど『自分たちならこうする』というのがない。一時「陰の内閣」と言うのが提唱されたがその後雨散霧消となってしまった。国会議員の人数が少なく組織が脆弱なので維持できなかったのであろう。相変わらず反対だけしかしていないように見える。気楽なものである。

与党の行きすぎに対してお灸をすえる意味で野党に投票しても良いがもし野党が政権をとった時に以前のように支離滅裂なあるいは腰の座っていない政治をやるかもしれない。いまでもあの頃のことを悪夢の時代とまで言われているのである。

そういう恐れを抱いている国民が多いのではないか。

今の小選挙区制ではほとんどの場合誰か一人を選ばなければならない。このため現状維持になるのではないか。

それともある風が吹けば与野党の逆転は簡単に起こりうるのか。

某国の政党ではないかと思うような外国よりの政策を掲げる政党もある。国民はそこに不安を感じる。

国民は悲しい。せっかく持っている権利を有効に活用できない。

一定勢力の健全な野党がおり与党の横暴を牽制できる体制が望ましいがヘタをするととんでもない政権が実現するかもしれない。ある日突然某国の言うがままになり領土を差し上げ過去の戦争の贖罪だと称して国家予算の多くを差し出すようになるとかを憂慮する。

もっとも今の制度でも衆議院は四年ごとに選挙をしなければならないから都合が悪ければまた代え

ればよいという意見もある。だがその間にとんでもないことが起きれば苦労するのは国民である。例えば国の予算の一割を十年間にわたり某国に差し出すなどの条約を結んでしまえばその後にまともな政権が誕生しても国民は長く苦労することになる。そんなことになっては困るので結局今の状況が続く。

こういうエッセイの中で政治問題なんかは言いたくない。言いたくないが言わせてほしい。分かります？

どこかの国のように刺客を送られるか毒を盛られるかまではいかないだろうがこれだけは言って死にたい。

しかしまあ押しつけられたとはいえ今の体制ができてまだ八十年足らずだ。時代に合わせて変えて行けばよい。そういう意味では私は憲法改正に絶対反対ではない。しかしいまの憲法改正論議は変える、変えないで終始しており何処をどのように変えるのかというきめ細かい議論はなされていない。マスコミもそうだ。政府やそれに動かされる官僚は巧妙だから注意しなければならない。

戦前の治安維持法もそうだった。大正末期に制定されたがその後昭和三年頃から徐々に衣を脱ぎ始め昭和十一年頃にはすっかり変わっていた。不穏分子の取り締まりを名目に国会の傍聴席に軍部が居座り反対の姿勢を示す国会議員を監視し始めた。そういう議員を除名処分にし大政翼賛会への動きが強まった。それまでは浜田国松とか斎藤隆夫のような気骨のある議員もいたが除名された。

あれがはじまりであった。

あのようなことは二度とあってはならない。がそれには国民が目を覚まさなければならない。まず国民が賢くあらねばならない。今はどうか。

まだまだのような気がする。

健全な政治が実現するのにはあと百年は必要か？

進まなかったリモートワーク

この二年間朝から晩までコロナコロナで明け暮れた。

どのテレビチャンネルをかけてもコロナだった。感染を抑制するために飲食店への営業時間短縮や大学でのオンライン授業が推奨されたが果してその効果はいかほどのものであったろうか。プロ野球も大相撲も無観客か観客を制限していた。飲食街は火の消えたような状態だった。

私は持病の通院のためにたまに電車に乗ることがあるが通勤時間帯での混雑具合は変わっていないように思う。毎日通勤している人に訊いてみると会社は特に何も言わなかったそうである。したがって仕方なくサラリーマンは満員電車に乗る。東京の通勤電車を見ると以前と変わらないように思える。

密を避けるためにはこの人の流れを抑えないとだめだが与党も野党も経済界に対して強い要請はし

ない。経団連なんかは政府の要望なら協力すると言っている。ただどれほど本音で言っているかは分からない。国民の手前、一応建前で言っているだけかもしれない。なんか両者で猿芝居をやっているような感じである。

そう思える話がある。

あと二カ月でオリンピックだと言うときに担当大臣がリモートワークをさらに進めてほしいと言った。この時経済団体側は何と言ったか。

報道によると『事前の調整もなくこのようなことを突然発表するのは遺憾である』とあった。

これはどういう意味か。リモートワークなどはかなり前からの政府の要望だった筈だ。こんなことを言うとはこれまでは一応聞いておきます、世間には努力しているように振舞っておきますということだったのかと勘繰りたくなる。政府と財界での猿芝居だったのではないか。

今は令和三年五月である。この段階でのリモートワークの実施率は三割程度であったと報じられている。通勤電車の混み具合を好意的に見てもそんなものだ。政府は七割の実施を求めているがどうしても休めない職種の人もいるからそれ以外はもっと実施率を高めなければならない。

私のサラリーマン生活の経験から言うと会社のトップが決断すればすぐにできる話だ。オフィス勤めの人間なんかパソコンさえあればすぐに在宅勤務ができる筈だ。連続操業をしている会社はすぐに実現はできないかもしれないが今や現場はかなり自動化されている。

在宅勤務では会社の情報が漏れやすいだとか人事管理ができないとか屁理屈はいくらでもつけられる。しかしコロナが入り込んでから一年以上も経っているのに何も進んでいない。ずっと連続で休まなくても良い。週に半分だけでも在宅勤務にするだけで通勤の混雑はかなり抑えられる筈である。それだけではない。私なんか会社に着いたところで既にかなり疲労していた。ひどい時には昼飯を食ってからようやくエンジンがかかった。

にもかかわらず政治の方からも労働団体からも働きかけがない。

今回は絶好のチャンスだ。

私の友人である機械装置の会社の営業部長までしていたのがいる。

時々電話するのだが決まって会議中だという。たしかにまだそれほどパソコンや携帯電話のショートメールが普及していた時代ではなかった。いつかその友人に皮肉交じりに言ったことがある。『それほど会議をしなければならないほど問題の多い会社か』と。実際その通りになりその会社は別の会社に吸収された。

チャップリンの言葉だったかどうか『会議の時間は出席する人数の二乗に比例し会議の成果は参加する人数の二乗に反比例する』と言うのがあったがたしかにそうである。

私の拙《つたな》い経験でも言えると思う。

子会社に行かされた時、社長が出てくる会議が月に三回あった。

親会社で下っ端の課長だったので自動的に子会社の部長になり会議に出なければならなかった。それは本社で開かれたが私が居た事業所からは電車を含めると行くのに片道で二時間ほどかかった。

もっと遠くの事業所から来る人もいた。

これは事実上社長のヒアリングである。それぞれの担当者が話し始めるとそのほかの人は興味がないから眠気をこらえるだけであった。昼からの会議でも出かける時間や昼食の時間を含めるとほぼ一日費やす。

あの頃はまだパソコンは普及していなかったがファックスはあったので半分はそれで済んだ筈だ。二十人以上も集まったから一人五時間を費やすとして二十×五＝百時間は要した。時給千円としても十万円の人件費を使ったことになる。さらに交通費もかかる。これは純粋に出ていく金だがこれを稼ぎ出すためには百万円以上の売り上げを必要とする。もうちょっと別の方法があったように思うが。

これだけＩＴ技術が発展していても会議は減らせないものか。ゼロにはできないにしても出席者の人数を減らすとか時間を短くするなどの工夫がされていないかと疑問に思う。

テレビでも何人かのコメンテーターが出てくる番組もリモートで出演している間面を多く見る。この風潮が定着するにはまだまだ時間が必要か。

超大国の黄昏《たそがれ》

これは随分前から感じている。そして今現実に進みつつある。

人類の歴史を見ても数百年以上続いた国家は少ない。ソ連が崩壊してからアメリカ一強となった時代があったが長くはなかった。中国が台頭してきたからである。ＧＤＰで言うとロシアなんかはかなり後退しているようである。大国ヅラしているが中身は国土が広いのと軍事力を持っているだけだ。資源大国だがその資源の価値も大きく変動するから財政は不安定だという。

二〇二〇年のＩＭＦの名目ＧＤＰは、

一位のアメリカを一〇〇とすると、

二位は中国　　　　七十・三
三位は日本　　　　二十四・一
四位はドイツ　　　十八・二
五位はイギリス　　十二・九
六位はインドで　　十二・四
七位はフランスで　九・〇
八位はイタリアで　七・〇
九位は韓国で　　　七・八
十位はロシアで　　七・〇
十一位はブラジル　六・九

となっている。まだまだアメリカが優位だがそのアメリカも世界中の紛争に手を出してそのツケが回ってきている。

アメリカ一強の時は世界の警察官として君臨していたが徐々に衰退し数年前にはそれを返上すると言い始めた。

財政的に苦しくなってきたのだ。多量にドル札という紙切れを刷り続け世界中にドル札が充満し始めた。強大な軍事力でドルを権威付けているがそろそろ限界が見えてきた。中国の元は少しずつ力を付けてきている。ユーロや円も大きな存在だ。

現在一ドルは百十円程度であるが私が若い時にはブレトンウッズ体制（固定相場制）の終わりの方で一ドルが三六〇円であった。

日本で海外からの輸入品を買うには多額の円が必要であった。

ベトナム戦争が主な要因であったと思うが多量のドル札を発行しすぎた。それも永年に続いてだらだらと続いた。

この時はドルだけが基軸通貨でしかも金との兌換紙幣であったため金との交換を求められればアメリカが保有する金は減る。

アメリカは耐えられず自らこの体制を崩した。ニクソンショックである。ドルの兌換紙幣を止め変動相場制にした。

円はその後しばらくは二百四十円程度であった。私はこの頃仕事でアメリカに行ったがホテルでコーラを買う時に一ドルが必要であった。すなわち二百四十円が必要である。日本国内に居れば百五十円程度であったように思う。いまや貿易決済に使われるのはアメリカドルのほかにユーロや円がある。そのほかの通貨もスワップなどでヘッジされ相互に安全保障している。このシステムは通貨の安定に大きく寄与している。しかし基本はそれぞれの国の経済の安定である。

それがあって初めて世界の通貨が安定する。

経済のほかにも大きな要因がある。他国への干渉だ。アメリカはイランでの大使館からの脱出、ベトナム戦争での敗退、イラク戦争でのつまずき、アフガニスタンからの撤退と負け戦が続いている。世界最強の軍事力を持っていてもである。アフガニスタンからの撤退は前トランプ大統領が決めてバイデン現大統領は実行しただけである。やり方がまずかったと批判を浴びているが無駄にアメリカの兵と財力を費やすことは無い。これで良かったと思う。彼の国が徹底したイスラム過激派の国になってもそれは国民が選んだ道だから仕方がない。もっとも国民は銃で脅されて従っているだけかもしれないが。

他の国がいっさい手助けをせずに彼らだけで国を維持できればそれでよいではないか。電気、水道、通信、交通もやっていければそれでよいではないかと思う。いまはアメリカから奪った武器があるが早晩弾も尽きる。自分で作らなければならなくなる。女は奴隷でイスラムの教えに反すれば公開処刑、むち打ちがあるだろう。工業製品も作れない国が長く存在するなど考えられない。

自動車もいずれ部品が無くなり徐々に動かせない時が来るだろう。

他国が全くかかわらなければいずれ行き詰まる。周辺の国に侵攻すればその時こそ好機である。堂々と攻めいればよい。それも地上軍ではなく空爆するのだ。向こうはすべて敵だから選別しなくてよい分やりやすくなっている筈である。

とまあ多少無茶なことも考えるが多分企業があるいは個人が金儲けのために出てくるのだろうな。それどころか中国などはアメリカの抜けた穴を狙って入り込もうとするだろう。しかし相手は宗教国家だ。いずれ敵対するだろう。

国境を接しているので過激派を押しとどめることは難しくなる。いまでも国内にはウイグル族への虐待が続いているので国内のイスラム教徒を抑え込めるのか。それが中国の黄昏を早めるかもしれない。地球規模でのエントロピー増大だ。

野菜の直送

ネットで群馬県の嬬恋村《つまごいむら》からＪＲの電車で朝採れの新鮮な野菜を運んだという記事を見た。がら空きの電車を運転するよりよほど良い。トラック輸送と異なり大量に運べるしキチンと時間どうりに搬送できる。道路の混雑も緩和できるしＪＲの赤字削減にも役立つ。電車で運ぶのならそれほど詰め込まないので野菜の傷みも少ないだろう。

以前九州の農協から東京までピーマンを運送するのに一割から二割ほど痛んでひどい場合は廃棄すると聞いた。定年後に放り出された小会社でこれを解決する商品を作ることになった。タバコのケースくらいの大きさで周囲の温度と湿度を五秒ごとに記録し最長三カ月ほどのデータを蓄積できるものである。測定時間は一秒から十分まで変えられるしある部分だけ細かくあるいは粗く設定できるのである。パソコンに繋げば測定時刻とともにその記録内容が表示できる。目的地でそのデータを表示してもよいしEメールで発送地まで送ってデータを確認することもできる。

いつどこで異常な環境に晒されたか分かるのでその後の改善にも役立つ。例えばどこかのインターチェンジで長時間高温に曝されていたとか高湿度であったとかであれば手の打ちようがある。もとは野菜の搬送のために開発したがそのほかの産業製品にも使える。

例えば鉄鋼製品などは船で輸送するが東南アジアやそれよりも遠くへ送る場合にアジアの海を通る。その時にコンテナーに入れておいても一晩でバケツ数杯分の水がたまるというのである。昼間の温度や湿度が高い時に湿った空気を吸い込んで夜の間にそれが冷えてドレインが溜まるというのである。ひどい時にはコンテナー一個でバケツ数杯分のドレインが溜まるということであった。我が家でもエアコンのドレインをバケツで受けて確認したが一晩でプラスチックのバケツがいっぱいになった。

コンテナーを持つ会社では夜間の温度が下がると予想される場合は毛布をかけて温度低下を防ぐという作業が必要になると聞いた。実際この時は調査会社を使ってマーケットリサーチまで行った。

これはいけると思って期待したのだがとうとう一台も売れなかった。製品が高かったのかもしれないと思いレンタルにも対応できるようにしたがやはり駄目だった。何が悪かったのか今でも分からない。

九州の農協ではピーマンなど安い商品に応用するなら輸送時のトラブルがあった場合ペナルティーを払う方が簡単だといって取り合ってくれなかった。大体センサーを使って原因を調査するといった考えは無かったようである。この装置はたしかに原因を調査するだけでピーマンを守る手段は持たない。しかし品質保証をするにはまず測定からだと思うのだがまだまだそこまでの考えはないようだ。

使い方などはＷＥＢで公開しているので是非見てほしいと思うが無理か。

話は戻るがＪＲによる農産物の輸送は賛成である。トラック輸送も貨物駅から目的地までの短距離輸送であれば鉄道もトラック業界も成立する。CO_2削減にもなる。トランスポートミックスである。

国交省と経産省が合同で考えてほしい。農水省もか。

5. ケチのススメ

サツマイモのつる

郊外に住んでいた時の話である。そこそこの広さの庭があったのでサツマイモを植えたことがある。元は畑だったのか土壌が豊かだったのかは分からないが結構収穫できた。

イモを収穫した後で蔓《つる》を集めた。勿論いい奴だけをきれいに洗って。これを軽く茹でて出汁を加え醤油で味付けする。ビールのアテに丁度よい。

なんでこんなことを始めたかというと終戦直後（こんなことを言って今の人にどれくらい通じるだろう？）のことを思い出したしテレビでも料理番組でやっていたのである。三㎝ほどの長さに刻んでから料理する。

健康食品である。第一タダである。ローカロリーなので糖尿病に向いていると思ったが旨いからたくさん食べる。酒も飲む。結局は同じである。

冬には大根を植えた。採りたてのものの葉っぱをこれもまた油で炒めて塩だけで味付けする。旨い。要するにケチなのである。金がないのもある。こっちが先かな。新鮮な葉にはいろいろと栄養素があるそうだ。

一度にたくさんは食べられないのできれいに洗ってポリ袋に入れて冷凍保存する。栄養が損なわれないのかどうかは知らないが冷凍したものを取り出し解凍せずにフライパンで炒めるのだ。手早くする。しんなりしたらひとしおを振る。これもまた酒のツマミになる。

今は神戸市の真ん中のマンション暮らしなのでこんなことはできない。スーパーにもこんなものは売っていない。ただし葉つき大根は年末に売っていることはある。しかしあれは雑煮用でちょっと小さい。

水上勉のエッセーに禅寺での修行時代に寺の典座《てんぞ》になった時の話がある。料理をしている時にホウレンソウだったかどうかは忘れたが野菜の切れ端が大きかったことで和尚から注意を受けた時のことが書いてある。『勿体ないことをするな。ぎりぎりまで使いなさい』と。

後に彼が軽井沢の別荘で侘び住まいをした時も食材を大事にしたことが書いてある。これは賛成である。

中国の唐代の禅僧に雪峰義存《せつぽうぎそん》という人がいた。ある修行僧が奥義を究めようと山奥の禅寺を探し求めて川をさかのぼるうちに野菜の切れ端が流れてきた。モノを大切にしないような寺はロクな寺ではないだろうと思い帰りかけたその時にその切れ端を取り戻そうと追いかけてきた僧に出会う。これが雪峰義存であったという。その修行僧は考え直してその寺に入門した。

まあこれは禅の心を示すためのたとえ話であると思うが食べ物を残したり使い捨て文化に染まっている今の日本人に聞かせたい。

それでも最近では日本人の間でもフードバンクの活動も出てきた。保存できる食材が大半だが余ったものを貧しい人へ分け与える動きだ。企業からの寄付もあるらしい。

二〇一八年度の統計では日本ではなんと年間六百万トンもの食品を廃棄していると言う。素材なのか調理済みのものなのかは知らないが大変な量である。どこで受け付けているのか知らないが行政もこのフードバンクの活動を支援していけるようにしてほしい。

すこし前の話になるがノーベル平和賞を受賞したケニアのワンガリ・マータイさんという人がいた。私は不勉強で知らなかったがこの人はアメリカの大学院を出てナイロビ大学の教授にまでなった人である。

環境問題でも活動し日本にも来たことがある。日本で『勿体《もったい》ない』という言葉を知り大変感銘を受けたという。英語にもこれに近い waste という言葉はあるがこれは（余分の、不要の、屑）という意味がありもったいないとはかなりニュアンスが異なる。例えば waste-box というのは屑かご、ごみ箱であり英語のそれは捨てるべきものという意味が強い。しかし勿体ないという言葉には（まだ使えるのにとかまだ食べられるのに）というニュアンスが強いと思う。モノを大事にするということを表現するのにまことに適した言葉だ。

以後彼女は様々な場所でこの言葉を拡げようとしたという。いいことである。

同じような話でインドだったかどこだったか出身地は知らないがやはり同じノーベル平和賞を受賞したマザー・テレサという人がいた。

キリスト教の尼さんである。この人も日本に来たが新幹線に乗って移動するときに各列車の隅にある飲料水のサービス（今もあるのかどうかは知らない。ながいこと新幹線にのっていないので）があるがその時に使う折り畳みの紙コップを使った後持って帰ろうとした。日本の取材陣が何に使うのかと問うたときにまだまだ使えるのに勿体ない、持って帰ってまた使うと答えたという。

この話が伝えられ当時随分話題になったものだった。しかし残念ながら日本人の消費文化に影響を与えることはなかった。

当時まだ高度成長の余韻が残っていたのでいささかの痛痒も感じなかったのである。

ノーベル賞は受賞していないが最近ではスウェーデンのグレタ・トゥーンベリさんがいる。

彼女は若年ながら地球温暖化に警鐘を鳴らす運動をしているが禅僧やマータイさんやマザー・テレサと一脈通じるところがある。

サツマイモの蔓からえらく脱線したが勿論私は哲学的な考えでサツマイモの蔓を食べていたのではない。ただケチで貧しいだけなので誤解のないように。

しかし神戸市に来てからこのサツマイモの蔓は食べていない。マンションの狭いベランダではサツマイモは植えられないしスーパーへ行ってもこんなものは売っていない。

栽培農家では殆んど捨てているのだろうな。勿体ないし食べたい人もいるのだけれど、どなたか売ってくれませんか。

お茶の葉

今までお茶の葉なんて買ったこともなかった。まあヨメサンが居たときは買っていたのかもしれないが。

今飲んでいるのは台湾へ行った時に買ったものである。

別にまずいというわけではないが日本茶のような香りがない。

日本茶はたまにペットボトルに入ったものを買うか近くの公園で月に一回掃除をした時に御褒美に貰う五百CCのお茶くらいである。あんなものは一日で飲んでしまう。

これまではどうしていたかと言うと親戚で法事があった時に貰うものや葬式やお通夜に出たときに貰うお茶の葉を使っていた。結構たまっていたのである。

ここでようやく気が付いた。最近葬式やお通夜に出ていないのである。あってもそれが終わってから「身内で済ませました」という通知が来るだけである。

あの式には亡き人を偲んだり冥福を祈るということもあるが別の目的もある。もちろんお茶の葉を貰うということではない。

亡くなった方には申し訳ないが式に参列することで古い友人や知り合いと久しぶりに会える。そういう人との再会の場でもあった。

それが無くなった。今はそれに加えてコロナである。

そういうところに行かなくなった。だからお茶の葉がないのである。

もともと私は日本茶をそれほど飲まずコーヒーばかり飲んでいる。しかしさすがに飯を食べる時にコーヒーは飲まない。といって台湾のお茶では日本食は合わない。従って日本茶の葉を買う。

なんか不思議な感じがする。長い間あんなものは貰うものだとばかり思っていた。

それが買うようになった。無いから買う。当たり前だ。しかし長い間の習慣が身についているからおかしいと思ってしまう。

自分にはこの辺に柔軟性がないというか新しいものに警戒するとかそういう習性があるのかもしれない。老人の特徴ともいえる。

さてその日本茶であるが専門店に行かなくともスーパーマーケットにも色んな種類が置いてある。それぞれ少しずつ買ってみる。

香りのあるお茶が好きなのでちょっと贅沢をしてみる。上等のものは低温で淹《い》れると香りもあるし柔らかい旨みがある。安いものでは玄米茶や焙《ほう》じ茶がいい。お茶漬けなどにはこちらの方がよいかもしれない。

特に漬けものなどを食べる時には焙じ茶が合っているような気がする。冷たいきゅうりのぬか漬けを食べるときは熱い日本茶がよい。

漬けものにはすこし塩気があるほうがよい。塩気が足りないときは冷酒がよい。いいおつまみになるのである。大相撲やプロ野球の中継を見ながらチビリチビリやるのもよい。何だかリッチになった気分である。

そんなことでリッチになれるのかと言われそうだが庶民はこんなものである。金持ちならドンペリなどの高級シャンパンを飲んでフランス料理かもしれないが貧乏人にはこれくらいがちょうど合っている。

そのとき見るテレビはやはり大相撲やプロ野球がよい。チビリチビリやりながら見るのだが仕切りやイニングの交代など結構小休止が多い。その間にトイレに行ったり新しい缶ビールや酒を取りに行けるのである。

ヨメさんがいれば持ってきてくれと言えるのだが一人暮らしなので自分でやるしかない。

サッカーは合わない。途中で休むところがない。あってもラインアウトした後のスローインなんかすぐに終わり小便して帰ってくるともう点が入っている。息が抜けないのである。

その点、大相撲はよい。勝負は一瞬だが仕切時間が長いのでアルコールとおつまみを準備する時間は十分にある。時には漬けものを洗って切る時間も十分にある。もう一番あとならウイスキーの水割りまで作れる。

お茶の話からいつの間にかアルコールの話になってしまった。

濁《にご》り酒

濁り酒とどぶろくは違うそうである。どぶろくは発酵した日本酒のもろみがそのままの状態であり、濁り酒はそれを軽く粗濾《あらこ》ししたものだそうである。これは知らなかった。いつも濁り酒なるものを一升ビンで買うがずっとどぶろくだとばかり思っていた。ちょっと離れたスーパーにしかないのでそこまでわざわざ買いに行く。今は車が無いので歩いて行って重いビンを持って帰るのである。あんなものは三日から四日で飲んでしまう。旨いのである。しかもアテはいらないのでついつい飲んでしまう。

清酒にするときの搾りかすが酒粕であるがこれはメーカーによってもまたもろみの種類によっても味が違う。大吟醸の酒粕が旨いとは限らない。私の所から私鉄で四駅ほど西にある酒造メーカーFさんのものが一番うまいと思う。二月頃になるとわざわざそこまで出かけていって十袋ほど買ってくる。

食べたあとに残るツブツブ感がよい。これを溶かして少しの砂糖を加え甘酒にして飲むのであるがあるときこれを小さく刻みペットボトルに入れた。そこへ清酒を注ぐのである。一日ほど置いておくと酒に溶ける。甘酒よりも甘みは少ないがアルコール度数は高いので（清酒を入れているので十五％はあるはずだ）どぶろくのような酒になる。酒粕の量を多くすればドロドロになる。これはこれでまたよい風味が出る。

しかしこのＦさんのものはいい値段がするのだが四月になるまでに売り切れてしまう。従ってその後はちがう会社のものを使う。これでもそこそこ使える。

調べてみると酒粕には色々な栄養が含まれている。多分重量比であると思うのだが蛋白質が十五％もあるし食物繊維が五％強そのほかにビタミンＢ類やミネラルもあると言う。ここに含まれる難消化性澱粉は糖の吸収を抑え食事で摂った脂肪やコレステロールを体外に排出するだけでなく不溶性の食物繊維は腸内の余分な老廃物も外に出すそうである。

酒造メーカーの人に聞くとこのもろみをさわっていると肌がきれいになるそうである。これを含んだ液体をお肌の美容液として実際に売っている。当然これを搾った酒粕もお肌にいい筈である。

しかし私はこれを溶かして肌に塗るなんてもったいないことはしない。飲んで中からきれいにする。したがって私の腹の中はきれいなものである。世の中には腹黒い人もいるそうだが私は違う。

それ以来このどぶろくもどきの自家製のどぶろくを飲んでいる。先述のごとくツマミはなくても飲めるので便利である。夜中チビチビやるには丁度よい。

なんでこんなことしか考えないのかなあ。

七時半の男

またまた古い話です。読売ジャイアンツが抜群に強かった頃。そうＯＮがおり川上哲治監督が率いていた頃である。この時に日大から入団した宮田征典という投手がいた。別所毅彦がコーチで熱心に指導したが彼は心臓に持病があったので先発は難しく仕方なくリリーフ専門とさせられた。

当時はセーブ制度が無かったのでいくら素晴らしいピッチングをしても負け投手になることの方が多かった。勝利投手になることは滅多になかったのである。当時はリリーフというのは損な役回りだった。

それゆえ六勝を挙げたときなどは監督からあれは普通のピッチャーの十五勝以上の価値があると言

わしめたほどである。

制球力が抜群で常に安定した投球内容だったのでよくナイトゲームで八時半頃になるとリリーフに出てきた。このためいつしか「八時半の男」と呼ばれるようになった。


「えっ！　タイトルは七時半の男になっているじゃないか」って！

まあまあもうちょっと聞いてください。彼は現役引退後はコーチとなり多くの選手を育てた。その中には桑田真澄や木田優夫、工藤公康などがいる。持病が無ければもっと活躍していたであろう。


時代は変わった。一時間早くなったのである。これからが本題である。今から言う七時半の男と言うのはそんな立派な男ではない。


彼の住む近くの食品スーパーは夜七時を過ぎると寿司や刺身あるいは天ぷらなどが二割引きになる。さらに七時半になるとものによっては半額になるものもある。正札《しょうふだ》で売って売れ残りを産業廃棄物にするくらいなら割引して売った方がよいという考えであろう。

この時間になるとマイバッグを持って現れる男がいる。七時半の男である。娘の家で晩飯を食べたのに夜食や翌日の朝食用に買うのである。これをツマミにして夜チビチビやる。

必ず買うわけではない。半額になるといっても一部の商品だけであるので好みのものが無ければ仕方なくほかの商品を買うかあきらめる。彼と同じような考えを持った人がいるので行くのが少し遅れると売り切れてしまう。半額のシールを張り終えて五分も過ぎれば欲しかったものがなくなる時がある。また早く行きすぎてもまだ割引になっていないので意味がない。

したがって時計を確かめてから出かける。まあゲーム感覚で行く人もいるかもしれないが彼は真剣である。副食代が半分になるからである。その浮いた分は酒に回せる。ちゃんと計算はしている。年金で生活している人間としてはこうせざるを得ないのである。

他の商品なんかは消費期限が過ぎたものはどうするのだろう。いかに商品価値を下げないためとはいえ野菜やくだものは割引もせず全部廃棄するのだろうか。別のスーパーでは消費期限の過ぎた野菜を割引して売っている。なかには消費期限が一日過ぎただけで割引して売っているところもある。大根なんかどのみち漬けものにするので期限が一日過ぎたくらいは気にしない。あれなんか二、三日干してから漬けるので干す時間が一日短縮できてむしろ都合がよいくらいだ。

宮田投手の話と違っていやにみみっちい話になって申し訳ありません。前半の話と後半が違いすぎた。

こんなことを考えているときゅうりの漬物が食べたくなってきた。

食事五観の偈《しょくじごかんのげ》

高校を卒業して会社に入った時四日間ほどの短い期間だったが京都の臨済宗の禅寺である妙心寺で修行した。といって出家したのではもちろんない。体験学習である。その時の会社の会長が松下幸之助さんであった。彼は妙心寺の山田無文《むもん》老師だとか大徳寺の立花大亀《たちばなだいき》和尚とかと交流があり新入社員の精神修養のためということで行かされたのである。

朝の四時過ぎに起きて掃除をし読経をする。朝食はそのあとである。お椀の底に沈んでいる米粒が見えるような薄いおかゆに味噌汁とタクアン二切れだけである。夕食だけはそれらに豆腐かガンモドキがついていた。腹が減っているからはやく食べたいのだが食べる前にこの食事五観の偈を唱えてからでないと食べられない。

一つには功《こう》の多少《たしょう》を計り、彼《か》の来処《らいしょ》を量《はか》る。
二つには己《おのれ》が徳行《とくぎょう》の、全缺《ぜんけつ》を忖《はか》って供《く》に應《おう》ず。
三つには心《しん》を防ぎ過《か》を離《はな》るるは、貪等《とんとう》を宗《しゅう》とす。
四つには将《まさ》に良薬を事とするは、形枯《ぎょうこ》を療《りょう》ぜんがためなり。

五つには成道《じょうどう》のための故に、いま此の食《しょく》を受く。

これらを唱えてからやっと食べるのである。軽いというか軽すぎる食事なのであっという間に食べ終わる。お代りはなかったように思う。

おかゆを入れる時も目の前に坊さんが来て逐一頭を下げて頂いたように覚えている。これを毎食やるのである。禅宗では食事も大切な修行の場であるので作法についてもこと細かな取り決めがある。食べ終われればお椀にお茶を注いで飲み小さな布切れで椀と箸を拭いて裏向けにお盆の上に置く。

もちろん早朝、朝食後、昼前、夕刻、就寝前と朝晩座禅を組まされて多少の雲水のまねごともやったが実際に出家して修行するにはとてつもない苦労があるという。

野々村馨著の『食う寝る座る永平寺修行記』（新潮文庫）に詳しく述べられている。彼はサラリーマン生活の後突如出家して福井の永平寺に入門した。

そこで一年の雲水としての修行をしている。いわく修行の中には実にこと細かく作法が定められておりそれを正しく守らなければならない、できなければすぐ制裁を加えられるらしい。従って修行中はその作法を守ることばっかり考えて禅の中身を考えることなどできなかったという。

さてその食事五観の偈であるがこれも厳しいことを言っている。一つ目は己の努力はどの程度のものかそれを分かっているのかと問うている。目の前の食事はどうやって作られここまで来たのかそれを思い起こせということである。今まで飯を食うのにそんなことは考えたこともない。毎日毎回こんなことまで考えることはないがしかしたまには必要かもしれない。

昼間の講義の時間にひとつひとつ丁寧に教えられた。こんなものしか食べていないのに僧堂で出会う雲水は皆元気溌剌でビンビンと張りつめた印象であった。

座禅の修行では警策《けいさく》で何度も叩かれたが座り方で今も憶えていることがある。頭のてっぺんから十円玉を落とした時に尾てい骨にコトンと落ちるように背骨をまっすぐ伸ばしなさいというようにである。たしかにこれを実践していると姿勢がよくなる。姿勢がよくなると考え方までしっかりしたような気分になる。

また座禅中は呼吸を整え普通一分間に二十回くらいのところを半分にしなさいというのである。いきなりは無理だがやっていると徐々にそれに近づく。落ち着いて考えられるようになった。……と思う。

朝、昼、晩の座禅修行が終わるとやっと寝られる。小方丈という広い部屋で寝るのだが布団は一枚である。

行ったのはたしか四月のはじめだったと思うがまだ寒い季節であった。この一枚の布団を半分に折りその間に挟まって寝る。人間サンドイッチである。

少ししか食べてないので腹が減って寝られない筈であるが朝が無茶苦茶早かったのでいつの間にか寝てしまった。

妙心寺から帰ってしばらくはこの余韻が抜けなかった。

後にかなり経ってからだがヨガの本を買って読んだがなにか共通するような感じがした。

宗教は違うがあれも悟りに近づくためにまず身体を整えるというところから始まっている。

あのような短い時間で禅の奥義に辿り着くなどとてもじゃないができないが時には作法だけでも思い出してやってみるのもいいのかもしれない。


しかしここの夕食で食べた豆腐は絶品だった。今でもあの美味かったことだけは憶えている。私が精進料理に拘るのもその原点はここにある。短い修行で残っているのはこれだけである。

6．何ということもなく

公立の図書館

神戸市には九つの区がある。それぞれの区に最低一つの図書館があるが複数の図書館があるところもあるので神戸市の図書館は全部で十二カ所あることになる。さらにもう一カ所できると聞いている。

私はこのうちの一つの図書館の傍にいる。といっても歩いて四十分ほどかかる。ここの蔵書はどれくらいあるか知らないが検索システムがあり探している図書を調べられる。もしこの図書館になくても市内のどこの図書館にあるかが分かる。便利なのはその本がこの図書館になくてもここで予約すれば取り寄せてもらえるのだ。四、五日待てばここで受け取れる。

それだけではない。他の県の図書館の本も借りられる。

以前ある県の図書館でそこにしかない本を見つけた。その県の居住者ではないので貸し出しはできませんと言われたが神戸市の図書館から申し込めば神戸市で受け取れるのである。これは便利である。

おそらくどの県でも似たようなシステムは構築されているとは思うがこういうものは大いに普及してほしい。

ただし探している本がどの県にあるかどうかは神戸市のシステムからは分からないのでまずそれが

どこにあるかを見つけなければならない。

全国の図書館とリンクするにはまた大変な作業がいると思うがもしそれができれば利用者にとっては光明になると思う。


なぜこのようなことを考えたかと言うと、ある時本を書くにあたってある県の中央図書館にまで調べに行ったことがあった。雪の降る日ＪＲの駅からバスに乗ってそこまで行った。

古書だったのでそこにしかなくそこまで行かねばならなかったのである。先述のごとくその県の人間ではないので貸し出しはできなかったが神戸の図書館から申し込めば無料で借りられるという。おかげでこのシステムを知ることができた。


一泊で行ったので交通費も宿泊費も必要だったが本の送料はおそらく神戸市の負担であったであろう。たまたま貸し出しが可能な本であったから良かったが禁帯出の本ならそこまで出かけなければならない。

たしかに便利なシステムではあるが極端な話これが行き渡ると誰も本は買わなくなるかもしれないしそれはそれでまた別の問題が起きる。またせっかく遠くの図書館から借りた本でも読んでみると大した内容でなかったりもする。まあこれは勝手に期待した方が悪いが。

この検索システムの良いところはキーワードを打ち込めばそれに関する書物が色々と表示される。従ってある本を探していると気がつかなかった本が多く表示されて読みたい本が次々と出てくる。場合によっては興味がほかに移ってしまうこともある。そもそも何の本を探していたのかも忘れてしまう。

だから図書館は楽しい。

そして誰からも

毎日、昼すぎになるとマンションの一階に下りて郵便受けの中を見る。何も無い。たまにあるものと言えばカタログ雑誌や不動産屋のチラシだ。携帯を開いてメールが来ていないかどうかを確認するがここもなにもない。パソコンのメールは健康食品や薬の宣伝あるいは通販の宣伝ばかりだ。

友人からの便りなんてとっくの昔に無くなった。もう亡くなってしまったのかそれとも施設に入っているのか。誰からも便りが無いとやはりさびしい。孤独であることを強く感じる。と同時に忘れられたのではないかとも思う。

コロナのおかげで飲み会も無くなったしジャズバンドの練習の集まりも一年以上もやっていない。大阪の十三《じゅうそう》の音楽スタジオを借りてやるのだがそこにはドラムセットやギターアンプ、キーボードも揃っているので便利である。遠くは愛知県の豊橋、あるいは香川県の高松から総勢十名ほどが集まる。周りは飲み屋がひしめいている。当然終わってから行く。

リーダーはもちろん他のメンバーもしっかり練習しているし熱心だ。しかし私は皆の後ろでほんのちょっとだけパッパッパッパッとやるだけなので楽だ。メンバーもアイツでもあれくらいならやれるだろうとしか考えてないし大して期待されているわけでもない。

しかし夜になると様子は変わる。やっと私の出番である。

そもそもこれなんて私にとって練習なのか飲み会なのか分からないところはあったがそれでも集まるとけっこう話題はあった。

しかし話の半分くらいはいつも同じものだ。メンバーは殆んどが大学の同期なのでそこに話題は集中する。あの駅前にあったパン屋さんの娘さんは可愛かったとかそういった類である。しかし古い話をしながらも皆は昔を思い出してその時代の感覚を共有する。目を細めてお互いの若き頃を懐かしむ。この瞬間が楽しいのである。

独り暮らしで誰からも便りが無いといよいよかなと思ってしまう。しかしそうはいうもののまだ幕引きをするだけの準備というか覚悟はできていない。

たまに子供が来てこの家にはロクなものがない、ほとんどゴミだと言う。なるほど価値のあるものはない。そう言われても最近は腹が立たなくなった。自分でも納得している。

写真のアルバムは大事だと思うがヨメさんや子供の写真も子供にとってはそれほど重要ではないみたいだ。私が死ねばしばらくの間はあるだろうがあんな嵩張《かさば》るものはいずれ処分されるだろう。今はICメモリーかDVDで保存できるのでアルバムみたいなものはそのうち無くなるだろう。寂しい限りである。

結局人が残すものというのは何であろうか。偉人は別として普通の人間は死ねばそれまでである。それでよいのかもしれない。しかし生きているあいだは外の世界と何らかの接点は持っていたい。

私の三年後輩で（年齢では六歳も下だが）若い時に南米のベネズエラに行った人がいる。この方は生涯独身を通されたがある時それを取材した記者の逝去や実父の看取りをきっかけに自分がこの世に生きていたという証しを残したいと考えられた。

この気持ちは理解できる。自分が死んだあとを考えると何かの形を残しておきたい気持ちになる。昔は形見というものがありそれにより時には亡き人の思い出も出てきたかもしれない。

しかしモノが豊富になった今そんなものは誰も引き取ってくれない。写真や先祖からの墓があっても子供のいなかった人は誰も見ないし行かないだろう。

そこで彼の地に滞在中の出来事を記録した本を出された。

タイトルは「ここはベネズエラなんだ」（中日新聞社　宮永久美子著）となっている。彼女は私のヨメサンと大学での同期生なのでヨメサンからよく話を聞いた。
まだベネズエラが石油で潤っていた頃である。
ガラパゴス島に出かけたことやシュノーケリングを楽しんだことが書いてある。限定出版で一般の書店では手に入らなかったが一冊頂いた。私が七十二歳の時である。後輩は現地で学校の先生をしていたらしい。随分勇気のいることをされたのだなあと感心した。

実は私が小説らしきものを書き出したのはこれがきっかけである。彼の後輩ほどの華やかな経験はないので若い時の記憶を小説仕立てにして書いた。終戦の前日に大阪の京橋駅で起きた空襲の話である。

人が密集している場所に一トン爆弾が投下され一瞬にして数百名の命が奪われた。人間の身体がバラバラの肉片になって吹き飛んだのである。これは悲しい事実であるが若い時からずっと気になっていた。終戦の決断がたった一日遅れただけで多くの命が失われた。このことをいつか訴えたかったのでそれに創作を加え小説とした。

これが初めて書いた小説「空襲」（文芸社）である。僅かの部数しか作らなかったが一部の本屋には瞬間だが並んだそうである。

この時に創作というのが如何に難しいかよく分かった。自分の能力の無さを横においてもだ。

創作というのは平たく言えばウソである。しかし荒唐無稽であってはいけない。それらしいウソであることが求められる。それを確認するために京橋はもちろん兵庫県の篠山《ささやま》にも何度も足を運んだ。

出来上がったものはいいかげんなものであったが自分としてはこれが精一杯であった。別のところで触れたかもしれないが水上勉の『越前竹人形』という小説は作者が一度も訪れておらず想像だけで書いたそうである。これぞ創作である。しかしながら立派な作品となっている。力量の差である。

それはさておきこの空襲では名もなき大衆が多く犠牲になった。そのほとんどは名前も分からない。慰霊碑には「南無阿弥陀仏」とあるだけである。犠牲の現場の片隅にひっそりと佇む。

我が家はヨメさんが亡くなったとき（もう二十七年も経つ）に墓は作ってあるがそこにも同じ銘が彫ってある。子供はときどき来ているようだ。

いずれ私もここに入る。ヨメさんその時は宜しく。

プロローグ

日本の文学というか随筆は出だしが素晴らしいものが多い。例えば鴨長明の方丈記には『ゆく川のながれは絶えずしてしかももとの水にあらず。淀みに浮かぶうたかたはかつ消えかつむすびてひさしくとどまりたることとなし』とあるし吉田兼好の徒然草には『つれづれなるままにひ暮らし硯にむかひて心に移りゆくよしなしごとをそこはかとなく書きつければあやしうこそ物狂ほしけれ』がある。松尾芭蕉の奥の細道では『月日は百代の過客にして行きかう人も又旅人なり』という序文がある。また平家物語の序文も『祇園精舎の鐘の声、諸行無常の響きあり。沙羅双受樹の花のいろ、盛者必衰の理をあらはす。奢れる人久しからず……』と格調高い。

いずれも流れるような調子である。すばらしい。共通しているのは枯れた心境である。これらの随筆に加えて清少納言の枕草子をあげる人もいる。『春はあけぼの。やうやう白くなりゆく山ぎはすこし明かりて紫だちたる雲の細くたなびきたる』である。

名調子であるがこれは少し趣きが違う。明るいのである。

これについては個人的に特別の思いがある。

中学校の一年生になった時に国語の時間があった。先生は新米の女の人であったが熱心な人であった。

先生が私を指名して「この春はあけぼのと言うのはどういう意味ですか」と説明を求めた。

田舎の中学生で何の教養もないただの悪ガキ、クソ坊主である私には何のことか皆目分からなかった。

「春がきたと言うことです」と答えたが先生はこんなバカに訊いたのが間違いだと思ったのか怒りもせず「これは春があけぼのの時間が素晴らしいということです」と教えた。

また後半の「雲の細くたなびきたる」はそれが趣きがあるすなわちいとおかしという言葉が隠れているのですと説明された。

なんでわざわざ隠すのか。この時はそれを読んでいる方に考えてくれと言うのはおかしいのではないかと思った。バカな生徒にも問題はあるが先生の方ももう少し丁寧な説明があって然るべしと思った。要は省略の文学なのである。そこを説明しないといけない。

ただしこれに類するエッセーは浅学非才ゆえ知らない。あるとすれば短歌か俳句くらいかもしれない。あれは極端に言葉を圧縮している。

能の中の文章もそうである。あれはさらにかけ言葉が入っているのですこしややこしい。例えば『大佛供養』の「繋がぬ船のかひもなく弓矢の家に生まれ来て……」のように船の櫂と甲斐もなくの甲斐をかひとして二重の意味を持たせるようにしている。

小説でも音楽でもそうであるがオープニングは大事だ。音楽の場合はイントロか。

いつかは忘れたが小説の評論家が『はじめの二、三ページを読んで会話が出てこないようなものは私は作品として認めない』と言っていたのを憶えている。たしかにそうかもしれないが私にとってこれができない。どうしても背景なり登場人物を説明してしまう。

私はまだ十数編ほどしか作品を書いていない。ただし出版したのはそのうちの八編だけだ。やはりいずれもオープニングは説明に終始している。

もともと技術屋の端くれだったので技術レポートは書いていた。限られたページの中で簡潔明瞭に要点をまとめなければならないからどうしてもそうなる。
その癖が抜けないのだ。まあ言いわけに過ぎないが。

技術レポートはある意味簡単だ。事実を要約するだけだ。多少論理的にしなければいけないがまあそれぐらいである。

論理立てて言うだけなら思想家や経世家の論文も同じようなものだ。

小説は違う。……と思う。私ごときが言うことではないが日頃思っていることを言う。

もちろん創作ではあるが荒唐無稽であってはならない。哀しみ、夢、喜び、感激、尊敬や驚きなどの要素も必要だ。それを直接表現するのもありだとは思うが行間にそれらを埋め込まねばならない場合もある。しかしそうは言うものの有名な賞を受けた作品でも必ずしもそれらの要素が見当たらないのもある。

読み手の感受性が不足しているのかどうか分からないが感性で評価するのだから中にはそのようなものもあるだろう。

それらの要素があまり表面に出過ぎてもいけない。文字だけで読み手の想像をかきたてることも必要だ。

能の番組を例にとればはじめの名乗りや次第あるいは道行の段階である場面に観客を引き込まねばならない。小説も似たようなところがあるかもしれない。それぞれの人の頭の中に作者の意図する仮想空間を一瞬にして作り出しその世界を共有する。

現実の空間は一つしかないが仮想空間は読み手の想像力により無限に存在する。小説や演劇、映画はそれを作る触媒みたいなものかもしれない。その入口にあるのがプロローグである。

コケ

まだ現役であった頃加古川の上流へ行ったことがある。職場の先輩の家の葬儀であったと思う。もちろんこの先輩の葬儀ではない。たしかお母さんが亡くなられたと思う。こういう場合職場からは数人が代表して葬儀に参列していた。いまでもこのような慣習が残っているのかどうか知らないがこの頃は当たり前であった。

その帰りに庭に植える木や小さな灯篭を売っている植木屋さんを見た。その一角にソフトボールくらいの大きさのコケを売っていた。コケを丸めてぶら下げ観賞用にするのである。これを一つ買って帰った。

私は以前からコケに興味がある。寺院や川の流れの近くに緑の絨毯のように生えている。やや薄暗い場所でひっそりと生きている。なんか同病相哀れむというか仲間のような気がした。先述のコケボールを部屋の隅におき時々霧吹きで水分を与えた。ごくたまに液肥を薄めたものも吹きかけた。

何が悪かったのか知らないが十日ほど経つと枯れてしまった。こんなものでもしばらく面倒を見ているると愛着がわく。近くの花屋さんで訊くと水のやり過ぎではないかと言われた。ちょっと疑問に思ったので調べた。

コケには色々な種類があるがいずれも植物の一種だそうだ。根はあるもののそれは仮根といって上の方に水分や養分を送る役目はしていないそうである。ただ身体を支えるだけだという。葉緑素があるので光合成はしているが水分はその周囲から摂るようだ。花が咲く種類もある。岩や木に張り付くから木の毛のようなものだということで木毛が語源になっている。

部屋の中に置いていたので温度が高すぎたのではないか。ひょっとすると根が腐ったのかもしれない。水分が多いというだけなら川の流れの近くで繁茂しているのもあるではないかと思ったがそれはその付近がそれほど温度が高くないので問題はなかったのかもしれない。

繁殖も種ではなく胞子をばら撒いて増えていく。

胞子で増えていくものにはキノコ類がある。しかしこれはコケと違い葉緑素を持っていないそうだ。したがって自分で生きていくためのエネルギーが生み出せないので落ち葉や樹木ひどい場合は虫の死骸や糞にでも寄生してそこから栄養を摂る。寄生された方は衰えしまいには無くなっていく。このため森の掃除屋とも呼ばれているらしい。

根元に菌糸というものがありそれが地上に伸びていっていわゆるキノコの軸（柄と言うらしい）や

傘を形成する。先述の虫の死骸にとりつくキノコは冬虫夏草《とうちゅうかそう》といって漢方薬になる。

もう連絡は無くなったがむかしの友人にこの冬虫夏草を育てる方法を研究している者がいた。同じく生薬原料になる『チョレイ・マイタケ』と言うのがあるそうだ。キノコの本を読んでいてこのチョレイという言葉で思い出したことがある。猪苓と書く。サルノコシカケの一種である。

日本の卓球の選手で張本智和と言う人がいる。オリンピックにも出た。この人がポイントを取った時に発する言葉が『チョレイ！』である。また話がとんでもない方向に飛んですいません。愛ちゃんの『サー！』と同じで全く意味は無いそうである。

まあ卓球の話は置いといてキノコは食用にも薬用にもなるがコケは眺めるだけのようだ。さすがの私でもこれを食べようと思ったことはない。しかしトナカイはこれを好んで食べるそうだ。トナカイにもなれないか。またカタツムリも木の幹の表面に生えた小さなコケをかじりとっているそうだ。

スギゴケなどは群生していると十分に鑑賞に堪える。小さな花も咲き机の上において見ているとそこに小宇宙が存在しているかのように見える。ワイングラスの中にそれを入れて観賞したいのだがすぐ枯れてしまう。やはり光合成をするので日の当たる場所に出してやらねばならないのか。

もう少し研究する必要がある。

紫陽花《あじさい》

六甲山の上にある高山植物園では紫陽花が咲き始めたようである。近くの公園にある紫陽花はもっと前から咲いている。

紫陽花は梅雨の季節に咲く。たしかに雨にぬれたこの花はきれいだ。炎天下ではなく雨上がりかもしくは雨でもよい。花の色も青か薄紫色がよい。この辺は人により好みも様々だろうがピンクや白はどうもいただけない。やはり青である。しかも濃い色がよい。青い色の花にはどんなものがあるだろう。

アヤメ、朝顔、矢車草、桔梗、リンドウやオオイヌノフグリもある。しかし最近はホームセンターに行けば外来種のモノが色々とある。ラベンダーは北海道の観光案内で知っているがほかにも千日紅やムスカリ、サフィニアがある。その色も多様ではあるが私はやはり青や紫系統が好きである。千日紅にはローズネオンとも書いてありどちらが正しい名前なのか知らない。直径十五㎜ほどの球状の花を付け赤紫色に咲いている。実にきれいである。

郊外の家に住んでいた頃は庭の一部が幅六ｍ長さ一ｍほどに亘って斜面になっていた。そこにヨメサンが芝桜を植えていたことがある。春になると一面にピンク色の花が咲ききれいだった。

芝桜で思い出すのは以前よく行った姫路の北のかまぼこ工場である。工場の一部が試食もできる販売所になっていて夢前川《ゆめさきがわ》の傍にある。この工場の敷地の一部が丘の斜面になっており春になると色とりどりの芝桜が満開であった。

このさらに北に行くと会社の保養所があり、ここへ行く途中でこのかまぼこ工場に立ち寄ったのである。十年ほど前に行ったのが最後でそれ以来行っていない。会社の保養所が閉鎖されたのもあるし私の運転免許の返上もある。


さてその紫陽花であるが普通の花すなわち本紫陽花《ほんあじさい》と額紫陽花《がくあじさい》に分けられる。私はこの本紫陽花が好きである。直径が二十㎝ほどの球形の花が咲きその濡れている様子が好きである。その花言葉は色により違うという。私の好きな青、青紫のそれは「冷淡」「無情」「辛抱強い愛情」だそうである。誰が言い出したのか知らないがちょっと意外である。

花束などを贈ったことはないがこの青色の紫陽花を贈れば贈った男が女性に対して冷淡であることを意味するのであろうか。

いっぺん女性に贈ってその反応を確かめてみたい気がするが残念ながらその相手がいない。

誰か実験台になってくれませんか。

効かぬ唐子《からし》と悪党の、凄みのねえのは馬鹿げたもの

白浪五人男だったか三人吉三《さんにんきちざ》だったか忘れたがたしか歌舞伎のセリフであったように思う。七五調の言葉で聞いている分には流れるような印象を与えるが中身に大した意味はない。どの吉三が言ったのか忘れたがかなりの長セリフであった。

歌舞伎は日本のオペラかミュージカルである。彼の国のそれはセリフを歌に乗せて喋るが歌舞伎は殆んどがセリフのみである。ゆったりとした三味線のBGMの間に所作を交えてセリフを述べる。

物語の進行を説明しているのであるがそのセリフが調子いいのである。この辺は能の文化が影響しているのかもしれない。

歌舞伎「与話情浮名横櫛《よわなさけうきなのよこくし》」では切られ与三《よさ》が昔の恋人のお富に向かって言うセリフも長い。「えー。御新造さんエ。えーおかみさんエ。えーお富さん。いやさお富。久しぶりだなあー」で始まり「しがねえ恋の情が仇《あだ》 命の綱の切れたのを……」と延々と続く。これらを淀みなくかつ調子よく韻を踏んで喋るのである。

テレビドラマなどで歌舞伎出身の俳優を見ているとセリフが上手いのに気が付く。永年の経験で身についているのであろう。口調がはっきりしているし声もよく通る。舞台ではマイクも付けていない

のに後ろの席でもはっきりと聞こえる。またセリフのない間にも目の動きや仕草を工夫している。まあこれは歌舞伎出身の俳優に限らないが。

これとは別に立ち回りなどではツケと言ってツケ板にツケ木を打ちつける場合がある。舞台のソデで役者を見ながらパタンパタン・パタパタパタと所作にあわせて板を打つ。役者はところどころで見得を切り睨みをきかせて一段落させる。

さらに歌舞伎特有の掛け声というのがある。客席から出る「成駒屋！」とかいうやつである。セリフとセリフの合間に絶妙のタイミングで客席から声が掛かる。

考えてみると役者と観客が一体となってやる演劇は歌舞伎だけではないだろうか。浅学非才ゆえ確たることは言えないが世界広しといえども他国では見当たらないように思う。オペラではこれは無いと言うか許されない。素人でもできるように思うがこういう掛け声を掛ける団体があるらしい。研修しているというのである。たしかに素人が変なタイミングで声を掛けたら芝居の進行が妨げられる。誰にでもできるわけではない。

以前、片岡仁左衛門がまだ片岡孝雄と名乗っていた頃に一度だけ見たことがある。孝雄が出てきただけで客席は大喜びである。それくらい人気があった。

もちろんこの時も掛け声はあった。観客は盛り上がる。一体感があった。私はこれを見て日本の歌舞伎の素晴らしさがほんの少し分かったような気がした。一緒にその場に居て自分も引き込まれるのである。

演目だけで観客はすべて筋書きは知っている。その上で見ているのである。荒事などで強い男がノッシノッシと歩む姿や大きく隈取りをした顔で見得を切る場面はそれが決まると観客から拍手がわく。まあ様式美である。

ストーリーは分かって見ている。意外性はない。それでも楽しい。どこがであろうか。まず華やかである。つぎにきれいである。かっこいい。憂き世の哀しさを代弁してくれる。悪をやっつける正義の味方の登場に喝采をおくる。そんなところだろうか。

以前に見た女形の踊りでは現実の女性よりもきれいだった。化粧で作った顔だから当然かもしれないがしかし夢を見せてくれるのだ。

客はこの夢のようなイメージを抱いて満足して帰る。

京菓子

この前、珍しく親戚が訪ねてきて京菓子の手土産を持ってきた。立派な木の箱に入っており店の紹介だけでなく一つひとつの菓子の銘というか名前や説明まで書いた紙片が付いていた。

その中の一つに「梅の花」というのがあった。ちょっと見ただけではそうは見えなかったが想像をたくましくすればそう見えないこともない。外側はやや黄色味がかった白色でいくつかの切りこみがある。

その切りこみから内部に向かって少しずつピンク色になっている。中になるほど色が濃いのである。そのグラデュエーションが春の柔らかさを感じさせる。

上には黄色いおしべやめしべが可愛くのっかっている。説明には「梅の花をイメージして作りました。春さきの日だまりを感じてお召し上がりください」とある。実際の梅の花と形は異なるがなるほどそう言われればたしかに梅の花だ。しかも白梅である。もうこうなると単なるお菓子に止まらない。芸術作品とまでは言わないが工芸品である。

一口で食べようとすれば食べられる。たかが菓子である。しかし一口で食べるにはあまりにも惜しい。お茶を淹れて付いていた爪楊枝で丁寧に切って口に入れる。京菓子と言い丁寧な説明文が付いていることもあり味わって食べる。

不思議なものだ。こうやって御大層な食べ方をすると茶席で頂いているような気がする。

本格的な菓子皿はないので金箔を貼った皿を使う。目の前の造り酒屋の二階で金沢の金箔屋さんが来た時に作ったものだ。その上に折り畳んだ半紙を敷いて菓子を載せる。歌舞伎の伽羅先代萩《めいぼくせんだいはぎ》に出てくる高坏《たかつき》の気分である。にわかに若殿になったようだ。こんなジジイの若殿もないが。

普段はこんなことはしないが木の皮が付いている楊枝で切って食べれば雰囲気は出る。抹茶を淹れればなお良いがさすがにそこまで面倒なことはしなかった。皿もミッフィーちゃんの絵のある小皿はあるがさすがにこれでは雰囲気は出ないだろう。なるほど食べ物の器の形や色とかは大事である。


以前ヨメサンが亡くなった時に友だちから独り暮らしでは食事のあとの食器洗いが面倒だろうから紙やプラスチックでできた使い捨ての食器を使ったらどうかと言われたことがある。

実際にしばらくやってみたがあれがよいのはキャンプの時ぐらいだ。手に持ってある程度の硬さや重さが無いとどうも具合が悪い。中に入れた食材が安定しない。それが気になって料理をゆっくりと味わう気持ちになれないのである。


食べることは舌で味わうことだけではない。鼻で臭いを嗅ぎ耳で噛み砕く音を聞き目で色や形を愛でる。さらにそこで手触りというか重みも受け止めねばならない。五感で味わうのである。京菓子をいただく時には特にそれを感じる。

最近は感受性が次第に衰えてきたが考えてみれば五感のうちいずれかが欠けている人は気の毒だと思う。食事も十分に楽しむことができないのではないかと思う。それともその他の感覚が人並み以上なのだろうか。

今はまだなんとか五感は残っているが果していつまで続くのだろうか。今の日々を大事にしなければ。

盛《も》り土《ど》

熱海の盛り土が大雨で崩れ大きな犠牲者を出した。まだ数人の遺体が見つかっていない。崩れた場所には大量の残土が埋められていたという。許可を得た量以上の残土が埋められていたばかりか産業廃棄物もふくまれていたという。

役所は許可を与えるだけで多くの場合その後の確認をしていない。熱海の場合は確認はしていたし是正の指摘もなされていたという。しかし業者は金が無いのを理由にそのまま放置されたという。結果として大きな災害を引き起こした。行政の責任は大きいと思う。だがどうしようもなかったのかもしれない。

このような場合なぜ行政による代執行という手段は使わなかったのか。今となってはもう遅いが担当者は反省しているだろう。

直接的な原因が異常気象による大雨だとしても亡くなった人の親族としては納得がいかないだろう。早速国の主導で全国的に土砂崩れの危険性がある部分の見直しが始まった。

話はそれるが土木の世界では土を付けた言葉をほぼ土《ど》と呼ぶ。土盛りは「ドモリ」で土止めは「ドドメ」だそうである。つちどめではないのである。高校時代に同じクラブにいた土木科の友達があれは土木関係の人間が誇りを持って言っているのだと言っていたことがある。その語源は知らないが土留めは初耳だった。

以前に親会社が大阪の海の埋立地で埋め立てを請け負っていたことがあった。

このため子会社であった我々はその埋め立て量を測定する仕事を打診された。陸地から続く長いコンベアの上には建築の解体現場から運び込まれた廃材が積まれていた。

熱海の事故があった時にこれを思い出した。この大阪湾の埋め立ての時は海底に沈めるので問題はなかったが熱海の場合は大惨事を引き起こした。

大阪の埋立地の場合、工事の代金はその埋め立て量によって決まっていた。投入した土砂や廃材はまだ海の中にある。したがってその深さを測定しなければならない。こんな時誰でも超音波測深器くらいは考えつく。魚探である。

海の場合、投入した土砂は海中で舞い上がりなかなか沈下しないので超音波測深器は役に立たない。一日経過しても海底は安定しない。超音波は音響インピーダンスが異なる媒質の境界で反射する。そこからの時間を測定して深さを検知するのだが混濁した海中では明確な反射波は返ってこない。結局この方法は諦めて別の方法も試したがだめだった。超長波長のマイクロ波でもあればできたかもしれないがその時は我々に技術が無かった。

後日、名古屋のガス会社から地中配管からのガス漏れの検知を打診された時は某有名大学の先生にも協力を願ったが同じく駄目だった。土の中は色んな瓦礫が埋まっているため音波にしろマイクロ波にしろ反射波を利用するという手段は使えなかった。もし土中でも探知できるような方法があれば土砂災害で埋もれた人の検知にも役立てられるのだが。

一朝一夕にできることではないが普段から用意しておく必要があると思う。

態度豹変

私は始まるまでは開催に反対であった。大きなお金を使って最初の話と違うではないか。

オリンピックのことである。不祥事は次から次へと出てくるし、そもそも担当者の選定理由が分からない。オリンピックが金儲けの手段となってからは興味が半減した。しかも国民の過半が開催反対か再延期を望んでいる。私は始まる前から今この時にやるべきかと開催に反対であった。

しかしである。しかし始まってしまうとやっぱり見てしまった。開催を億面もなく了としているのである。なんとまあ節操のない奴だと自分でも思う。地元開催という利点があるのかもしれないがアスリートが頑張っている姿や表彰式で国歌が出てくるとやはり国を意識する。

これまで言ってきたことを簡単にひっくり返す。昨日まで言っていたことを忘れてそれでも素知らぬ顔をしている。他人に指摘されたら、イヤ事情が変わったからですと言うことにしている。君子は豹変するのである。

そうだ自分には政治家の才能があるのだ。

と、まあこれは冗談だが一つの要件は満たしているのではないか。

政府は多くの国民がこうなると読んで開催に踏み切ったのかもしれない。開催した以上途中で止めるのも難しい。大した読みである。

一応尊敬する一応。もしそうならばこの能力を別の方面に使ってほしい。まあ変節漢の私が言うことではないが。

このオリンピックのことは別にして時には態度豹変も必要な場合もある。国民の世論が正しいとは限らない。こんなときは世論を振り切るために用いる場合もあるかもしれない。しかしその副作用は大きいことを覚悟しなければならない。

例えとしては適当ではないが終戦時の天皇陛下の玉音放送を思い出す。あの時皇居前の広場に集まった人のうち幾人かは涙を流した。この場所ではないが割腹自殺した人もいたと言う。喜びまわる人はいなかった。考えてみれば不思議な光景である。

アメリカの爆撃を受けてそこらじゅうが焼け野原になって乏しい食糧の中で頑張っていた人は洗脳されていたとはいえまだ戦う気だったのだろうか。しばらくして戦争がやっと終わったと言って喜ぶ人もいたというがこの涙を流した人は戦争継続を考えていたのであろう。このような人がどれくらいいたかは分からない。軍の中には多かったのではないだろうか。

こういう人がいる時にポツダム宣言を受け入れるには国内に混乱をもたらすかもしれない。そのために天皇陛下の肉声を伝えた。側近が準備したという。君子豹変である。この時はまだましだった。アメリカでなくソ連や中国ならば日本はどうなっていたであろうか。これをきっかけに良き日本の伝統は無くなった。副作用である。

明治維新もそうだった。武士の天下であったものがいきなり四民平等と言われて混乱があったようである。

征夷大将軍が宣言したから混乱はあったものの大きな動乱には繋がらなかった。

いまの時代にどのような副作用があるかは分からない。しかし日本人がこれで少しは賢くなっていくのではないか。

お天気姉さん

朝、昼、晩とテレビで天気予報がある。男の人の方が多いがもちろん残りは若い女性である。朝早くから可愛い女性を見ると気分がよい。天気予報の内容よりも女性の顔ばかり見ている。ジジイも男である。きれいなまたは可愛い女性が出てくるとしっかりと見ている。喋っている内容は気象庁が発表した内容の範囲内でしかダメだそうで難しい気象予報士の試験を通った割に自分の思ったことが言えないそうだ。何のための難しい試験が課されるのか知らないがそういう制約があるそうである。

そのためどのチャンネルでも同じことしか言わない。ある放送局では雨と言いもう一方で晴れと言うことはないのは分かっている。それならと可愛い女性が出てくる放送局を選ぶ。

よく見ていると女性の気象予報士の衣装は毎日変わる。男の人の場合は同じ背広である。あれ大変だろうなあ。自分で選ぶのか放送局が指定するのか一度聞いてみたい気がする。一度着た服はどうするのだろうか。やはり貸衣装屋から借りて放送局が準備しているのかなと思う。まあどうでもよいことだが相手が可愛い女性だとすぐこうなる。

最近はニュース番組でもきれいな人が出てくる。しかも如何にも頭がよさそうな女性である。これを見るたびに天は二物を与えずと言うがそんな事はないと思う。きれいで頭がよくて（多分有名大学を卒業しているからには頭はいい筈だ）ちょっとおかしいと思う。不公平だ。

その中でも愛想のよい人と無愛想な人がいる。やっぱりニコニコして愛想のよい人の方がよい。ほとんど表情を変えず話す人もいればにっこりほほ笑みながら話す人もいる。断然こちらの方がよい。超ベッピンさんで無表情な人よりも多少ぽっちゃりし過ぎでもこちらの方がよい。

ドラッグストアーに時々缶ビールを買いに行くがわざわざ女性化粧品の売り場を通って行く。直接ビール売り場に行けばよいものをちょっと遠回りする。ここには当然きれいな女性のポスターや写真が飾ってある。実物ではないものの世の中にはこんなにいるのかなと思う。しかも毎年毎年次から次へと出てくるのである。

しかしよく考えるといずれ容色は衰え花は萎れていく。自分と縁がなさそうなので悔し紛れにそう思うことにしている。昔からの言葉で「美人は三日見たら飽きる」と言うではないか。

いややっぱり美人の方がよい。

地球温暖化

この前地球物理学の本を読んだ。と言っても学術的な専門書ではない。私のように頭の働きが低下している者でも分かるようなお話程度の本である。

いわく地球が生まれて四十六億年になるそうだ。地球誕生を一月一日とし今を一二月三十一日とする地球カレンダーに置き換えると江戸時代が終わったのはわずか一秒前であったという。もう一つピンと来ないが我々の歴史なんて高々それくらいだそうである。

誕生した当時の地球はガスの塊であったという説が有力らしい。それが徐々に冷えて表面が固まっていったそうだ。地球が生まれた当初の大気は殆んどが二酸化炭素で酸素はゼロだったという。

やがて海が誕生し、二十二億年前すなわち地球カレンダーの五月末頃にはシアノバクテリアという光合成を行う藻類が発生して徐々に酸素を作り出し現在のような二十一％の濃度になったらしい。らしいというのはモノの本に書いてあったのでそう言っているだけにすぎない。顕微鏡で見ないと分からないようなものが生物の生存を可能にしたのである。

今でもオーストラリアの海にはこのシアノバクテリアがたくさんあるという。あと半年ほど待てば二酸化炭素が減って酸素が増える。ただし地球カレンダーのである。

つまり地球温暖化の主な要因の一つである二酸化炭素は減っていく筈である。だから火力発電所もガソリン自動車も製鉄所も続ければよい。あんな危険な原子力発電など止めても良いとなる。

もしそうならばどこかの国の科学を超越した、いや無視したと言うべきか地球温暖化などと言うのはフェイクニュースだと言った大統領がいたが彼の意見は正しかったということになる。

ただしあと何億年かすればだ。彼はそれを言わなかったが分かって言ったのか知らずに言ったのかは分からない。多分後者であろう。

それが一億年としても地球カレンダーに置き換えればあと一週間強である。

それよりもこのシアノバクテリアをなんとか増産できないだろうか。いつか研究論文で見たがある種のシアノバクテリアに長波長の光を当てると僅かではあるが増殖するとあったように思う。生物ならば適正な温度と適正な波長の光の下で管理すれば二酸化炭素の吸収ができないかなと思う。瘋癲《ふうてん》老人《ろうじん》の戯言《ざれごと》に過ぎないが誰か真に受けて取り組む人が現れてほしいものだ。

しかし神の意志に反するだろうか。

地球物理学者の説によると地球の温暖化と冷却は繰り返されてきたという。これも地球カレンダーの時間軸で考えなければならない。

しかし現在を生きる我々はそんな悠長なことは言っておられない。実時間に生きる人類にとって今が大事だ。実際には海面の上昇や異常気象が起きているからだ。これはなんとしても食い止めなければならない。

対策として打ち出されている脱炭素社会の方策のいずれもが実現困難である。ＥＶにも電気エネルギーが必要だしそれが火力発電所の出力によるものならば根本的な解決にはならない。再生エネルギーは不安定だ。

一方で二酸化炭素は循環しているらしい。地球物理学でいうと大気中の二酸化炭素は雨となり地上に降り注ぐ。そのあと岩石などと化学反応して海に流れ出す。これを化学風化と言うらしい。そこではサンゴ礁に取り込まれ炭酸カルシウムとなり海底に沈澱する。

それは地球の内部に入り込みマグマの熱で分解されて再び二酸化炭素となって火山ガスとなり大気中に放出されるのである。

すなわち二酸化炭素は吸収されたり放出したりで循環する。吸収されるときだけとか放出されるときだけがあるのではない。つまりある一定の割合で平衡しているのである。この一サイクルは五十万年という。

この濃度が徐々に高位安定に向かっているのかもしれない。今の状態は人間が作り出したものであるから何とかしなければならないがどのようにすればいいのだろうか。

シアノバクテリアが増殖すると酸素は増える。

酸素が徐々に増えていくとなると今度はそれを如何に消費していくかを考えなければならないようになるかもしれない。すなわちなんでもかんでも燃やして二酸化炭素を作り出さねばならない。酸素リッチになればちょっとした火種で火災が起きる。そこら中で山火事だ。

ほんまかいな。

まあここ五十万年はだいじょうぶかな。

貴方の一瞬、私（ママ）の永遠

たしか某社のビデオカメラのキャッチコピーで電車のつり広告で見た。運動会に出ているかわいい子供とにっこり笑ったママ役の黒木瞳が出ていた。

この言葉は言い得て妙である。子供の小さかった頃の写真や孫の幼い頃の写真を見るとこの言葉を思い出す。親は写真を見なくともあの頃の子供の姿をいつまでも憶えている。貧しくとも楽しいときであった。もっとも今も貧しいが。

それはともかくあの頃は毎日子供の成長が見られたのに生活に追われ十分楽しむことができなかった。いつもなにかにせかされていたようだ。イライラしていたように思う。今ようやくその頃をふり返って見ることができる。多少とも心の余裕ができたのである。

さきほどのキャッチコピーだが子供は一瞬一瞬を積み重ねていく。子供はもちろんというかそんな事は憶えていない。しかし親はそれをしっかりと憶えている。その時の楽しさと同時に。

子供の写真のアルバムが本棚の半分ほども占めている。憶えているといっても当然すべてではない。そうかこんな時もあったなとあらためて思い出す。その写真だけではなく電車に乗って一つの缶ジュースを三人で分け合って飲んだなとか白山の山小屋で泊まった時に息子が隣の人の毛布に潜り込んで「どこの坊主や?」と言われたこともあった。想い出を作るために行ったのではないが子供にとって少しは記憶に残ってなっているのであろうか。

こういうことを思い出すのは今のように老齢になってからかもしれない。若い時は先のことを考えることがほとんどだったと思う。

私の幼い時の写真は二枚しかない。戦時中だったからやむを得ない。生まれてすぐとよちよち歩きの頃である。その後者の方は今はどこかに行ってしまったがはっきりと憶えている。

生家であった村はずれの一軒家のすぐ横には小さな川が流れておりその前に橋があった。

そのそばの畦道に立っている多分二歳くらいの自分がいる。遠景で撮った写真なので表情は分からない。周りは水田でほかには何もない。戦時中いやおそらく末期であったからかもしれないが頭巾のようなものを被っている。

私はこれを見てあの頃の一家の生活はどうであったかと想像する。詳しいことを聞こうと思ってもそういう人はもういない。叔父が大阪市内の学校に通っていた頃に京橋の駅で空腹のために倒れたということは聞いていた。これは終戦後間もなくのことだったかもしれない。一枚の写真からでも様々なドラマが推定できる。

現代ではビデオが普及している。多くのビデオの裏ではどのような楽しい背景が拡がっているであろう。後日きっとその一瞬を思い出し感概に耽ることになるだろう。

名人芸

私が住むマンションの近くを清流・住吉川が流れている。海に注ぐ直前でも透き通った水が流れている。春も過ぎ初夏になるとそこに時々名人がやって来る。その技を四、五人の人が見守っている。

この川は六甲山の中腹から瀬戸内海まで流れているがその距離は短く急傾斜なので流れの途中にはいくつもの段差がある。多くは三十㎝以下であるが中にはそれ以上のものもある。これを土木工学では落差工または床止《ゆかど》めと言うらしい。名人は川の中に入って辛抱強くじっと待っている。正確に言うとその落差工の上の段の方にいる。

ここを鮎などの小魚が下の段から上流に向かって勢いよく飛びあがる。名人は長い首を伸ばしてこの小魚を捕まえる。一瞬である。

素早い。見事だ。


素人は落差のないところで鮎の群れが泳いでいるところを狙えば簡単なのにと思うが名人はそんなところは狙わない。大体そういうところはすこし深いし足を入れただけで鮎は素早く四方に散らばる。逃げることができるのである。その中の一尾だけを捕まえるのは難しい。

案外捕まえにくいのである。名人はそれを知っている。

見物している人間もヒマなのか立ち止まって長いこと見ている。傍を通り過ぎる人は何事かと思いさらに見物に加わる。

この川には幅三mほどの遊歩道が両岸に整備されているので多くの人が散歩するなりジョギングするなりしており急いでいる人はいない。私もその一人だ。

みんなじっと見ている。気の短い人は去っていく。


小魚が飛び上がった瞬間、名人は素早く捕まえる。そして飲み込む。

一尾捕まえたのを見ればそれで十分なのにこちらは急ぐこともないのでもう一尾捕まえるまでまた見ている。よく見ていると名人は小魚が飛び上がる瞬間ではなくそのすぐあとの一番上昇した時を狙っている。

さすがは名人である。下流の水面から飛び上がった瞬間はスピードが最大である。如何に名人とは言えこれは捕まえにくい。しかし一番上に上がった時は一瞬空中で停止している。そこからまた水面に向かって落ちて行くのだがその停止した瞬間を狙っている。スピードがゼロだから捕まえやすいし小魚も飛び上がったあとは空中で自由がきかない。この瞬間を逃さない。名人が放物線のことを勉強したかどうかは知らないがよく考えている。

一尾捕まえるのを見ているだけなら分からないが何尾か捕まえるのを見ているとこのタイミングが見えてくる。


名人は思っている。お前さんたちは暇で見ているのだろうがこっちは生活がかかっているんだ。何尾か食べたら羽ばたいて別の場所に飛んでいく。


今は初夏で小魚が湧いているからいいが冬はどうしているのだろうか。

どこで生活しているのか。夏のサンタさんと似たようなものだ。

名人は去りやがて見物している人も満足したのか散っていく。


こうして時《とき》間は過ぎる。

今日も一日平和だ。

チャップリンの意見　すこしあればよいもの

チャールズチャップリンの言葉に『人生に必要なもの、それは勇気と想像力そしてすこしのお金である』というのがある。よくお金なんて無意味だあるいはそんなものよりももっと大切なものがあるというような意見もあるがそんな隠遁者か坊主のような話は聞きたくない。余りにも現実味がないからだ。私はこのチャップリンの言葉が好きだ。

やっぱりお金は必要である。仙人みたいな生活をしている人はいざ知らず現代で暮らすにはお金は不可欠であると思う。ただそれだけですべて解決するかと言うとそうでもない。すこしあればよいというこの言葉は好きだ。

これもチャップリンの言葉だが『もともと人間の運、不運などは空行く雲と同じだ。結局は風次第だ』とか『このひどい世の中、しかしいつかは終わる。永遠のものなんてないのさ。我々のトラブルもね』と言うのもある。

これは第二次大戦中に言った言葉だそうだ。おそらくナチスドイツの侵略に向けた言葉であったからかもしれない。

いいこと言うなあ。禅僧の言葉みたいだ。

人が生きる上で真理というようなものがあるのであろうか。

仏教の般若心経《はんにゃしんきょう》には『観自在菩薩《かんじざいぼさつ》　行深般若波羅密多時《ぎょうじんはんにゃはらみーたーじ》　照見五蘊皆空《しょうけんごうんかいくう》。度一切苦厄《どいっさいくやく》。……中略……是諸法空相《ぜしょほうくうそう》』の言葉がある。正しい意味はよく知らないが修行をしている時にようやく分かった。五蘊《ごうん》すなわち色《しき》、受《じゅ》、想《そう》、行《ぎょう》、識《しき》はすべて『空《くう》』つまり実態のないものと解すべきだそうだ。人が定めた法も所詮は空だ、空相だと。

この考えが昂じると所詮この世は仮の世だとか憂き世だとか言うように厭世的《えんせいてき》になってしまうがこれは平安時代に日本で考えられたもので本来はそこまでは言っていないそうである。それはともかくお金もやはり空だと考えるべきではないか。

現実にお金は存在する。それも大きな存在だがしかし考えようによってはあんなものは所詮現世においてのみ価値がある。

まだあの世に行ったことがないのでたしかなことは言えないが天国や地獄でもお金は必要になるのだろうか。

以前、長期間海で漂流した人々の記録を読んだことがある。嵐で遭難し帆も舵も無くして潮の流れに任せるだけの漂流だ。

嵐が過ぎれば残りの大半は漂流とはいえ穏やかな天気だったそうだ。暇を持て余した船員は船の上で博打に明けくれるがお金を稼いでも海の上では使うところがない。とうとう誰も博打をしなくなったという記録がある。なるほど金なんてその程度のものだ。死ねばお金なんて何の意味もない。いま生きていければそれでよい。偉そうに言うが私はまだ達観できる状態には至らない。

『羯諦《ぎやあてぃ》羯諦《ぎやあてぃ》　波羅羯諦《はらぎやあてぃ》　波羅僧羯諦《はらそうぎやあてぃ》　菩提薩婆訶《ぼうじーそわか》　般若心経《はんにやしんぎよう》』

7. 今様

孫の一言

孫がまだ保育園にいた頃である。孫から「ジイジ。大きくなったら何になりたい？」と訊かれたことがある。可愛い質問だ。

孫に邪心はない。しかし深い考えもない。素直な気持ちで訊いたのである。その時は何と答えたか忘れたが後日この言葉が気になった。考えてみれば実に含蓄のある言葉である。

飛躍しすぎかもしれないが禅問答を思い出した。幼い孫から投げかけられた質問であったのでたしかいい加減な答え方しかしなかったと思うがこれが禅の高僧からの公案《こうあん》なら何と言ったであろうか。

『大きくなったら？』という言葉を『今からは？』と置き換えれば何と答えるだろう？

いや何と答えればよいのか。特に望みがないと言えば向上心の無いなんとくだらない奴だと言われるだろうか。まあ事実はそうなんだが。

常に前向きにかつ、いつも向上心を持って生きろと言われると確かにそうなんだけれどシンドイ、息が切れそうだ。

孔子の言葉に『吾《われ》十有五《じゅうゆうご》にして学《がく》に志《こころざ》し三十にして立つ四十にして惑わず……中略……七十にして心の欲するところにしたがい矩《のり》を超えず』というのがあったように思う。七十ではなく六十だったかな。

たしか中学の時であったろうか。その時はただ憶えるだけであったし先生もこんなクソガキに人生の大義や目標を教えても無駄だと思ったのか詳しい解説はしなかった。しかしこれをどのように解すればよいのだろうか。

自らの欲求はあっても世の規範を超えてはならぬというのかつまりいかに望みはあったにしても法なり規則を侵してはならぬと解釈すべきか、それとも自然と規則を守るほど円熟していなければならないというのか。

今の自分は規を超えるほどの元気もないので結果としてこの教えを守っていることになる。規を超えてはならぬというのであれば発展はないのかもしれない。

しかし儒教は堅苦しいですなあ。

電気街の変遷

この前テレビで見たが東京の秋葉原《あきはばら》の電気街が徐々に変わりつつあるというニュースがあった。一部がピンク街になっているのである。コロナ禍でもこの産業だけは確実に儲かるのだろうな。

大阪の日本橋《にっぽんばし》でもそうである。超ミニスカートの若い女の子が客引きをしている。

私はこの町に中学生の頃から来ている。昔だからもちろんこんな風景はなかった。どこから仕入れてきたのか分からないようなガラクタを集めて売っている場末の町という感じであった。一角にはヤミ市のようなところもあった。進駐軍（こんなことを言っても分かるかな？）からの放出品や工場から規格外の製品を持ってきて安く売っていたのだ。

当時は泥棒市場とまで悪態をつかれていた。

私の住んでいた門真《かどま》のとなり町にある守口《もりぐち》から市電（大阪市営の路面電車）でそこまで行くのだが片道が七円五十銭であった。五十銭玉は使われなくなっていたので片道だけなら八円である。往復で買えば十五円と一円の割引があった。一時間ほども時間はかかったが堺筋線で行けば乗換なしですなわち往復で十五円出せば行けた。今は片道が三百三十円だと思うので四十四分の一だったのだ。

ジャンク品を買いまだ使える部品を取り外してラジオを組み立てたりした。

今も時々電子部品を買い求めるために行くが昔あった店は家電製品の量販店になったりしていた。しかしそれも今は大型店になって郊外に移転した。とうとう部品を売る店は三軒に減ってしまった。照明器具や電材店は別に三軒ほどある。

ここに来るには近鉄ナンバの駅から歩くのだが途中、吉本新喜劇の劇場や飲食店に必要な厨房用品を売る店がある。通称、道具屋街である。ほかにも提灯や暖簾《のれん》を専門に扱う店があるので覗いているだけで楽しい。

暖簾は日本だけではないだろうか。西洋から来たカーテンがあるが似て非なるものである。調べてみると中国から伝わったという説もあるがその根拠となる資料が存在せず日本独自のものであるという説が有力である。

もともと日本には平安時代から帳《とばり》があり外界からの視線の遮《さえぎ》りや、窓もなかった時代に外界からの寒さを防ぎ暖かさを守る簾《すだれ》があったらしい。

こんなもので寒さを防げたのかどうかは分からぬが外からの光も採りいれねばならずこのようになったのであろう。それが江戸時代になり商家の看板の役目も果たし店の屋号や商標になった。

それはともかく色、サイズ、素材と様々である。また名前も書き入れてくれる。

店の前に置く照明器具も近代的なものから江戸時代の灯篭《とうろう》のようなものまである。飲み屋の入り口に置けば目印になりよい宣伝になるのかもしれない。

これを作るには美的センスが必要なのでそのような作品や職人さんが出てくればこの商売は生き残っていくだろう。

そうそう電気街の変遷の話であった。部品屋の話だが電子部品はせいぜい数百円から数千円のものなのでこんな都会で商売をやっていけるのかなと少々心配する。しかしネット販売が盛んになっても私のように神戸からわざわざここまでやって来る人がいるのでそういう人間を含めるとそれなりに顧客はいるのかもしれない。

いまやインターネットで殆んどが手に入るがやはり現物を手にとって確かめたい人にはこのような店は不可欠である。

時代は変わってもこのような店は絶対残ってほしい。

太田さんの述懐

太田さんは言う。

吾輩の腹は大きい。あだ名はデブである。面と向かっては言われないが陰で言われているようだ。正式の名は太田《おおた》であるが口の悪い連中はわざと太田《ふとた》さんと間違える。むかつくけれどその魂胆は分かっているのでいちいち反論しない。嫁さんもデブだ。しかしこれは本人の前では絶対言えない。言えばいつ仕返しされるか分からないので恐ろしい。残念ながら最近息子もデブってきた。

わが太田家は食べ物に目がない。外食する場合、すぐに食べ放題の店やメニューを選ぶ。そばでもご飯でも大盛りを頼む。焼肉なら一番量の多いものを選ぶ。あるいは追加する。安くて旨ければ言うことはない。嫁さんも息子もモノも言わずに一心不乱に食べる。もちろん吾輩もである。なんだかアニメ映画『千と千尋の神隠し』の冒頭のシーンを思い出す。あれは我が家をモデルにしたのではないか。きっとそうだ。

最近のホテルの朝食はバイキング形式のところが多い。家族で旅行すれば我が家は一番早くから行ってしっかり食べる。喰うこと以外に能がないのである。

ゴルフ？　あれは運動神経が必要だ。囲碁や将棋？　あれも脳細胞を使わないといけないからだめだ。食べるのは本能だけで良いのでこれならいける。

職場の定期診断で糖尿病の恐れがあると指摘された。二度目である。ヘモグロビンＡ１ｃの値は入院レベルだそうだ。この前からインシュリンの注射を打ってから食事をする。食べた後には飲み薬も飲む。血液をサラサラにする薬を二種類さらに血圧も高いのでそれも含めた四種類の薬を飲む。毎食である。朝だけは別のインシュリンをもう一種類注射する。

外食するときは食事前に店のトイレに入ってインシュリンを打ってから食事するので面倒である。しかも打ってからでないと食べられない。食べると血糖値はすぐに上がるがインシュリンは打ってから十五分ほどしなければ効き目があらわれないからである。

そうまでして食べなくともよいのだが本能に従って行動する我々は血糖値が上がろうがなんであろうが改めない。どうしようもないのである。

ずっと以前にA１cが高くなりすぎてひと月ほど入院したことがある。決められた少ない食事量のためこの時はやはり下がった。しかし入院している時だけだ。出所いやまちがい退院すれば元の木阿弥となる。

一念発起《いちねんほっき》して炭水化物の量を減らすことにした。まずご飯はお茶碗一杯までとした。息子だけは育ちざかりなので二杯目までは認めた。しかしやはり腹が減る。飯の後にラーメンやパンを食べる。すぐおやつのポテトチップスをつまむ。

パンはいつも置いている。職場の近くに旨い焼きたてのパンを売る店があるのでついつい買ってしまう。ラーメンなんか食べているとすぐにヨメさんが来て『ひとくちちょうだい』と言って強請《ねだ》る。

ラーメンやうどんはすぐに血糖値が上がる。飯を減らすようにしたが逆効果である。本能で生きている我が家の人間はすぐに挫折した。そのくせ体重は気にしている。ヨメさんは新しい体重計を買ってきた。古い方が壊れたわけではない。新しければ低い数字が出るとでも思っていたのだろう。なんと浅はかな。

人間追い詰められればこう考えるのかもしれない。しかし非情にも体重計は冷酷に事実を告げる。

おたくはこんなことありませんか。

点の知識

中国の書に『菜根譚《さいこんたん》』というのがある。書というか中国の庶民の格言・名言をかきあつめたもので例えば人間万事塞翁が馬とか五十歩百歩とかいった処世の知恵を紹介している。

菜根というのは野菜の切れ端などの取るに足りないという意味らしい。それらを集めたということである。だがひとつひとつはなるほどと思わせるものだ。例えば『友を選ばば（書を読みて）六分《ろくぶ》の侠気、四分《しぶ》の熱』というのがある。この言葉はウェブでは与謝野鉄幹のものとして紹介されているがすでに数百年前に菜根譚に紹介されている。（書を読みて）の部分は私の認識ではもともとの菜根譚にはなかったように憶えている。

まあそれはどうでもよい。菜根譚ではひとつひとつの話はまとまっている。今ここで言いたいのは最近はとみに途切れ途切れの断片的な知識が横行していることだ。

テレビなどでクイズ番組が多いがどうも安直過ぎる面がある。製作費がかからずにできるという面もあるそうだ。教養番組に属するのでいいとしても出題のネタに窮したのかまあどうでもいいような内容が多くなってきた。面の知識が少ない。私は工業高校出身なので高校では社会という科目はなかった。

中学では一応やった。もちろんというか成績は良くなかった。勉強してなかったことが一番大きいがそれと同じくらい断片的な知識のオンパレードで勉強する意欲は湧かなかった。

就職してから自分の学識のお粗末さに気が付き大学に入りたいなと思ったことがある。私の卒業した工業高校では社会なんてやっていなかったので苦労した。入試で世界史を選んだが出題の中である事件の生じた年を答えるのがあった。一年でも違えば0点になる。

正確に答えさせるのは分かるがそれよりも時代の流れというか移り変わりを述べる方が大事であると強く感じた。

採点するにはこの方が簡単だからである。イエスかノーかである。

採点する方の主観が入らない。それがいいという見方がある半面答えの中身を評価するという面が見逃される。

答えの評価とはどういうことか。本質的なことが表されているかどうかということである。枝葉末節の知識ではないと思うのだがどうだろうか。

工業高校のとき電気材料という科目があった。この時その科目の先生は「チタン酸バリウムの応用について」試験に出すと宣言していた。ある温度（キューリー点）で大きく誘電率が変化する性質を持っているものである。これはこの材料の弱点なので実用的な価値は低かった。

私は例によって成績は良くなかったがそれについて生徒の中では独創的な（自分ではそう思っている）アイデアを書いた。その課題は百点満点のうちの二十点ぐらいの配分であったが先生は倍の四十点を付けてくれた。それでようやくその科目は合格した。それ以来この科目はすこしは勉強した。また今でも電気材料については強い興味を持っている。「豚もおだてりゃ木に登る」の類である。こういう生徒もいるのだから勉強はもっと興味が持てるように教えなければならない。

以前私の職場の後輩でアメリカのＭＩＴに留学したのが居た。日本に帰国した後私と会う機会があった。家族を連れて行ったのだが息子はまだ小学生であったので随分心配したそうだ。すこし経ってからその息子に学校について聞いてみると毎日授業が終わると先生は「今日は楽しかったですか」と聞いたそうである。また例えば算数が苦手で社会が得意なら「そしたら算数はいいから社会を一生懸命やりなさい」と言ったそうである。日本なら不得手な方を頑張りなさいと言うところをそれはいいから得意な方をもっとやりなさいと言うのである。勉強は楽しくあらねばならないということである。

その後輩は感心したという。その先生だけがこうであったかどうかは分からない。ヨーロッパへ行った時も同じような話を聞いた。ただしこれは子供が小さいときだけであるらしい。

逆に日本と違ってアメリカでは大学に行くと猛烈に勉強しないとついていけないそうである。その後輩が言うには毎日夥しい宿題を出されて夜中まで勉強したという。

その授業も日本とはかなり違うらしい。まず前半に簡単な講義をしてその後はテーマを設定してそれについてどのように考えるか出席者の意見を訊くそうである。誰かが一つの意見を述べる。今度はそれについて他のものが質問したり反論したりする。

毎回ゼミナールのようなことをする。時にはディベートのようになる。一つの意見はその主旨、根拠が明確になっていくと聞いた。アメリカのエリートはこうやって鍛えられていくのだそうだ。日本では答えがあってそれを憶えていくだけで新しい課題に対処する訓練はできていない。新しい課題が出てきたときに対応する力が弱い。右往左往する。必ずしもそればかりではないと思うがどうであろうか。

これも昔の話だが日本に来ていたイギリス人から聞いた話がある。教育の話に及んだ時に彼が向こうでは（イギリスのこと）ある時期になると学校ではどのように課題に対処するのかその方法を教えるのだと言ったことがある。それに比べて日本では知識を得ることを優先しすぎではないかとも言った。たしかにある時期まではそのことは重要であるがそこに止まっているように思われる。

これからは先生のいない時代だ。自らの知恵で新しい世界を切り開かねばならない。考え方、発想が重要になってくる。

さてこれからはどのようになって行くのであろうか。

雑草の花

時々家から出て造り酒屋の周りをうろつく。この辺は灘五郷の一つの魚崎郷といわれるところで造り酒屋が集まっている。

近所の人はまたあの瘋癲老人がと思っているかもしれないが本人は散歩のつもりである。

大手の酒造会社では工場内部の一部が記念館のようになっている。昔の酒作りの様子やその道具などが展示されている。

一角には文字盤が六角形の形をした古い柱時計と黒くなった板襖《いたぶすま》のある部屋がある。そこで杜氏《とうじ》が集まって食事をするところなどがマネキン人形で再現されている。私はこの風景を見るのが好きだ。黒い板襖はまだ幼い頃に私の生母の里に行った時に見たきりだ。それを思い出したいためにこれを見る。

私は大体ここで一合入りの小さな酒を買いこれらを見ながらその場で飲む。

さらに西に行くとこの会社の昔の本社がある。それほど大きくはないが風格のある石作りの堂々たる建物だ。

戦後（太平洋戦争のことですよ）であるが昭和天皇もお立ち寄りになった。お座りになった椅子も大事に展示されている。上皇陛下や今上陛下も皇太子時代に来られてことがあるそうだ。

この本家の名前は嘉納《かのう》と言うのだが伝説によると後醍後天皇が政争に敗れ隠岐の島に流されるときにこの近くに立ち寄られたそうである。この地の者が六甲山から流れ出る伏流水を使った酒を醸《かも》し献上したことがあった。

天皇は喜んでお召し上がりになったという。嘉納されたのである。

嘉納という名はそこから始まったという言い伝えがある。江戸時代には自分の船を持ち江戸まで酒を送った。

嘉納家は昭和八年（一九三三年）に地上三階、地下一階の御影公会堂（現在も使われている）を寄付したのみならず私立の中学（今は中学、高校の一貫校で進学校として有名）を作り社会貢献している。柔道の始祖である嘉納治五郎もこの家から出ている。

話は飛んだがこの本社の近くに嘉納治五郎の生家跡がある。今は小さな公園になっているが私はこの公園のベンチで一休みする。この生家跡はいまは百坪ほどしかないが元は八百坪もあったらしく千帆閣と呼ばれて大名屋敷のような門があったという。

周りには名も知らぬ雑草が茂っている。小さな道を挟んだ南側には産業道路があり六甲アイランドという人口島に通じているので多くのトラックが行き交う。周りに工場と小さなマンションがあるだけで大して景色のよいところではない。この百坪ほどの公園にも桜と梅と楓の木がありほかにも小さな木が植わっている。ソテツ、金柑などである。桜のうち一本はとなりのマンションの三階にまで届くほどの高さである。

楓などは丁度青葉が茂り芽だしはえんじ色に染まっている。

これらを見ながら三十分ほど過ごす。

何の花だろうか。クローバーの草かと思うが小さなピンク色の花を咲かせている。同じ草だと思うがその横では黄色い花を着けている。葉は似ているが種類が違うのだろうか。

帰って調べてみるとカタバミだった。多くの雑草の中で可憐な花を咲かせている。

ここに咲くから美しい。ふと『手に取るな　やはり野に置け蓮華草』（瓢水）の句を思い出した。

名前

インターネットで見たがアンデスメロンというのは南米大陸のアンデス山脈と全く関係がないそうだ。永年ずっとアンデスが起源の果物であると思っていた。

ある種苗会社が開発したものでそれまでうどんこ病という病気に弱かった品種を改良し、作って安心、売って安心、買って安心ですということから安ですつまりアンデスとなったそうである。ほんまかいな。

因みにプリンスメロンというのも貴族となんら関係なくプリンス会という団体が試食したことからこうよばれたということだ。ほかにも夕張メロンだとかマスクメロンとか色々あるが名前の由来を聞くと深い意味があるわけでもない。

そう名前なんて単なる記号だ。考えようによってはなんでも良いと織田信長が言っていたそうだ。

あとから聞いた話だが。

あとからって言うのは？　いやおよそ五百年後ですがなにか？

とはいえ親は子供に対して立派な名前をつけようとする。最近はすこしばかり行き過ぎていわゆるキラキラネームが幅をきかせている。幼いうちはいいが年を取った時のことも考えてやった方がよい。

また外国語を無理に日本語に置き換えるのもどうかと思う。よく喫茶店の名前などでこれどう読むのかなと思うようなものがある。

私の名前は東洵《あずままこと》と言う。しかし小さい頃からまともに読んでもらうことが少なかったように思う。この洵という漢字は人名漢字にはちゃんと出ておりまともな日本語なのである。今まで学校の先生にも「ジュン」と呼ばれることが多かった。

姓は東なので姓名で併せて「東　洵」つまり二文字である。従って日本人ではないと思われたことがよくあった。

違います。純国産です。

三歳のときに養子に出されたので二文字になっただけである。私の遠縁に東　潤（こちらはジュンと呼ぶ）がいた。門真市長を永年勤めていた。彼の親父はなんどか門真町長（まだこの時は市になっていなかった）に立候補したがなれなかった。私の養父などは親戚ということもあって随分運動していたように憶えている。息子の代になってやっと望みを果たしたのである。

この私の名前はそれなりに由緒がある。と言うほどでもないか。

戦前有名な思想家がいた。今で言うなら右翼である。その人がある雑誌に赤ちゃんの名前を付けるという読者サービスをしていたことがある。昭和十四年頃（一九三九年）のことであったらしい。私の兄が生まれる前のことである。私の親がそれに応募した。多分最初の子供だったから悩んだ挙句のことだったのかもしれない。

それに答えてくれたのがこの洵という名前だったらしい。女の子なら綾子にしなさいと。しかし親はこんな漫才師みたいな名前はイヤだといって兄には別の名前を付けた。従ってこの名前は塩漬けになっていた。

その後私が生まれたがもうその時には実の父親は南方戦線に駆り出されて名前を考える人はいなかった。そこでこの塩漬けされていた名前が復活した。戦時中のどさくさである。「まあああれでええやろ」ということで私はこの名前になったと聞いた。随分いい加減なことである。名前からして兄のお下がりである。

しかし外国語のようなキラキラネームよりはまだましであると思っている。

辞典で調べてもその意味は「まことに」としか書いていない。「なんやねんこれは」と思うが仕方がない。

以来疑問を感じながらずっと我慢している。もうちょっと意味のある名前にしてほしかったなあと今でも思う。

この思いがあったので自分の子供たちの名前は随分考えた。子供たちには考えた挙句がこれかと言われそうだが随分悩んだ末なんで理解してほしい。

変形文字

この前ある劇団の公演のパンフレットを見た。意味が分からない。まず最初の字が分からない。エ？　ニ？　ユ？　乙？　変形文字である。劇団の名前らしいのだが何と読むのか分からない。

本人たちはイキがって変形文字を使っているがそれがよく知られた言葉であれば少々の変形文字も

想像して読めるが日本語でない言葉を変形文字で表現して分かってもらえると思っているのだろうか。

思い出した。まだある。テレビでも出てくるがひらがなの〝て〟が〝T〟に近い。紛らわしい。あらためてほしいが放送局のなかで問題にならないのだろうか。それとも文科省がこんな書き方を認めたのだろうか。

よく喫茶店などでこういう名前を見る。随分前になるが「舞燈」や「悲銃放」というのもあった。なんと読むのであろうか。しばし立ち止まって考えていた。後に人から聞いたところではブライト、ひがんばなと読むのだそうだ。当て字だがかなり無理やり読ませている。独りよがりに過ぎない。小料理屋にも似たような名がある。こちらは言葉はまともなのだがくずし字が行き過ぎている。普通の人にはまず読めない。徹底して崩している。ミミズが腸ねん転を起こしてのたうちまわっているようにも見える。

こういうことを考える人のセンスが疑われる。読めないような店の名前にして宣伝効果があると思っているのであろうか。それともこれが読めないような客は来てほしくないという意味なのかと言いたくなる。

以前のことになるが仕事で韓国に何度も行ったことがある。行ったのはポハン、プサン、光陽《かんやん》、ソウルであったが店の名前が当然ながらハングル文字で書いてある。それだけだ。日本なら英語も横に書いてあることが多いが彼の国ではハングルだけであった。色鮮やかな文字で書いてあるので飲み屋かなと思って入ったが薬局かクリーニング屋さんであった。

彼の国なので日本語が無いのは分かるがせめて英語並記はしてほしい。唯一マクドナルドだけはマークで分かった。観光立国を目指しているならもう少し考えてほしい。それに比べて日本は海外の観光客に対して配慮はしているようだ。車内の行先表示などは英語、中国語、韓国語が書かれている。私などは英語だけで十分だとは思うが如何であろうか。

韓国では以前といってもかなり昔になるが漢字文化圏であった。いつの間にかハングル表記のみになってしまった。国威発揚の意味もあったらしいがおかげで古い韓国の文化が消えてしまったとの意見もあった。


私は韓国の会社のエライさんとの付き合いがあったがこの方は日本語も中国語も難なく使える。もちろん英語もである。この方のおかげで私は随分助かった。その人曰くハングルオンリーは行き過ぎだという。日本語のように英語も取り入れたおかげで日本は随分コミュニケーションが進んでいると日本のことを羨ましがっておられた。

もっとも韓国にも進んでいるところがある。地下鉄の駅名だ。すべて駅番号が表示されていたので外国人にとって分かりやすい。

日本でも今は私鉄も含めて駅番号が併記されている。この辺は日本はやれることはすぐやるようである。駄目なのは政治だけか。

私の友人でもう亡くなってしまったが中国の製鐵所に技術協力で派遣されていたのが居る。彼曰く中国語は分からなかったが漢字で筆談すれば簡単だと言っていた。ただし今の中国の漢字は略字体なのですこし分かりにくいとは言っていた。さらに最近は当の中国人でさえ略字体は分からないそうだ。

フランスに行った時パリで道に迷い警察官に英語（らしき）言葉で訊ねたことがあった。彼は説明はしてくれたようだがフランス語であった。あの時はパリの飛行場がゼネストに入ったため鉄道でドイツのデュッセルドルフからパリに入ったのだがパリには鉄道の駅が三つもある。しかもそれらは離れている。スーツケースを抱えて困っていた。フランス語で答えたというのは英語は解していたということである。このオッサンには腹が立ったがパリは素晴らしかった。

この辺を考えるとおおむね日本人は誰に対しても親切なようである。おもてなしの精神に溢れている。

かなり前になるが書道展に行ったことがある。これが書道？　と言うのが第一印象であった。ほとんど抽象画に近い。突き詰めればこうなるのかと思った。もちろん読めなかったが横に小さく説明文がついている。それでやっと分かった。書もここまで来ると芸術である。意味はよく分からないが感動を覚えたのを記憶している。

芸術とは何であろうか。書道でも音楽でも絵画でも内に籠もる情熱を表現するのがそれではないか。とはいえ第三者に受け入れてもらえるものでなければならない。孤高の芸術というのもあるかもしれないが。

そうそう変形文字の話であった。

店の名前とか商品の名前は万人に分かってもらわねばならないので芸術であってはならない。というか独りイキがっていたのでは目的をはき違えているのではないか。

一考を求む。

8. 老人《わかもの》よ　旅に出よ！

旅のエッセイ

宮脇俊三氏のエッセー「途中下車の味」を読んだ。面白かった。タイトルも面白い。途中下車の旅ではなく味となっている。たしかにその中身は大半が各地の名物料理に割かれている。また行く先々もローカル線が圧倒的に多い。

ずっと前に青森の鰺ケ沢《あじがさわ》に行ったことがある。昔の青函連絡船の駅の跡地に行きそこで時間を取られたので五能線の鰺ケ沢に着いたときは夜も遅かった。しかたなくたった一軒しかなかった駅前の旅館に行ったのだが今日は身内に不幸があったのでやっていませんと言われた。親戚の方が留守番をさせていたので食事は要りませんので泊めてもらえるだけで結構ですからといって一晩の厄介になった。

夕食は外に食べに行ったのだが田舎ゆえ（今はどうなっているか知らない。何しろ三十年ほども前なので）一軒の飲み屋しか見つけることができなかった。

そこでたしか鰊を焼いたものを食べたと思う。

鰊と言うと蕎麦の上に乗っているアメ炊きは知っているが焼き魚は初めてである。食べた感じはサンマに似た味で脂ものっていて美味かった。新しかったからかもしれない。調子に乗ってほかの魚も食べたがいずれもビールに合っていてよかった。客は私だけだった。

値段表が書いていないのですこしビビったが。まあリーズナブルであった。


いつもテレビで見ていて好きな番組がある。「＊＊＊のふらり旅　いい旅　いい酒」である。隠れたファンも随分多いようである。カメラを抱えたオッサンが旨い肴と酒を求めて彷徨する内容の番組であるが落ち着いた雰囲気がよい。偉そうにオッサンと言うがこちらはそれをさらに飛び越えたジジイである。

知らない土地の旨い料理や酒が分かり興味深い。


私はいつか山陰線だったか竹野というところに行ったが、そこで「ゲンゲ」という魚の天ぷらを食べたことがある。ゲンゲというのは下の下という意味だそうで旅館の人はこんなのは安物の魚ですよと言っていた。

しかし値段は安いかもしれないが私にとっては旨かったので印象に残っている。そんなものである。

いつだったかエールフランスに乗った時たまたまビジネスクラスだったのでキャビアが出てきた。

しかし私はちっとも旨いとは思わなかった。イクラやタラコの方がずっと旨い。

バカ舌だったのだろうかそれとも食べ慣れないものだったから味が分からなかったのだろうか。

やっぱり炊きたてのご飯となすとかきゅうりのぬか漬けの方が旨いと思う。

伊根の舟屋

飲み友達で京都府の伊根の舟屋に行きたいと言っていた奴が亡くなった。もう少し正確に言うと亡くなっていたのである。コロナの感染を恐れてしばらく飲み屋に行かなかったので知らなかった。飲み屋に行って「あの人しばらく見ないね」と言うと女将さんが「亡くなられましたよ」と言う。しばし言葉が出なかった。

私より五、六歳上だったので友と言うにはちょっと気が引けるが郊外に住んでいた時によく同じ居酒屋で席を同じくするだけではなくグループで何度も一緒に旅行に出かけていた。

随分前から俺はもうすぐ死ぬ死ぬと言い続けていたので飲み仲間の間でアイツの言うことは当てにならないと言われていたのである。しかしとうとう亡くなった。

伊根の舟屋というのは若狭湾の入り口にあるところにある。湾内で穏やかな海である。いずれ四人ほど集まれば行く予定だったが先に別の方へ行ってしまった。もちろん別の方と言うのは高い高いところである。目の前の海を見ながらここの名物岩ガキをたべるつもりだった。残念である。この伊根の集落も若者が減り空き家が目立つそうだ。彼がどういう理由でここに行きたがっていたか今となっては分からない。

彼は兵庫県の南の方にある稲美町という田んぼのまん中に住んでいたので海に憧れていたのかもしれない。私にすれば田園が拡がる中で廃プラスチックの再生をしていたしのんびりとした生活を送っていたので羨ましく思っていた。個人企業だが従業員は一人いたそうである。梱包材などの廃プラスチックを引き取り再融解させて風邪薬のピルのようなポリマーに加工する。直径十㎜、長さが二十㎜ほどのものである。プラスチックメーカーはこれをまた製品にするのである。外国製の機械装置の故障で一回だけ彼から相談を受けたことがある。

私はこう見えても何を隠そう。隠すつもりはないが一応技術士である。ただし一応でしかない。そのほかにも環境計量士、放射線取扱主任技師、など資格だけは色々ある。「あんたなら分かるだろう」と言われたのだが悲しいかなペーパードライバーで実際の課題には中途半端な対応しかできなかった。それでも壊れた部品の破片を蛍光X線分析にかけて色々と原因を追究した。その結果一部の問題は解決した。

お礼をするというのだが「そんなもん要るかいな」と言ったら幅三十㎝径が三十㎝くらいの梱包材の切れ端を持って帰れという。いわゆるプチプチである。

よくホームセンターに行くので大凡の値段は知っている。こんな物でも買うとなると千円ほどする。それくらいなら貰うということで持って帰った。宅急便でモノを送る場合に便利である。これまでは新聞紙を丸めたりしていたが緩衝性能はこちらの方がはるかに上である。緩衝材として作っているから当然ではあるが便利なものができた。

明治頃まではヨーロッパへの陶器の輸送には浮世絵に包んでいたそうである。逆にヨーロッパからは白詰め草（クローバー）を乾燥させたものを梱包材として使っていたという。

これらは自然の物なので環境に優しいいわゆるエコロジーであるがプラスチックのものも再生すれば何度でも使えるのでこれもエコロジーである。

しかし完全にすべてリサイクルできればよいが何割かはそのまま捨てられる。プラスチックはたしかに便利は良いが後始末が大変だ。

川に流れやがて海のごみとなる。海底に沈むのはまだましな方で多くは海面に浮かびやがて砂浜に打ち上げられる。マイクロプラスチックになってしまうのである。海の魚はこれをエサと間違えて飲み込む。それを人間は食べているからいつかはその影響が出てくるだろう。海鳥やウミガメなどもこれを食べそれが原因らしく死ぬそうである。

ゴミの分別収集だけでなくその処理も考えなければならない。

山口県にある電気炉を持つ製鐵所があり仕事で何度か行ったことがある。そこでは主に医療で使用した廃棄物を炉に投入して処理している。高温で処理するので血液や様々な菌が含まれていても安全に処理できるらしい。

ここで聞いたのは鉄を作るよりこっちの方が儲かるということだった。別の高炉メーカーではゴミに交じったビニールやプラスチックを洗浄してから再融解させてプラスチックのチップを作り溶鉱炉の羽口から吹き込んで値段の高いコークスを節減しているとも聞いた。溶鉱炉の中は最大で二千度もあるからダイオキシンも分解されるということである。

プラスチックは便利なものである。これを最後まで有効に使いきることが必要だがやはりここでも経済性という壁が邪魔をする。

補助金を出すまでのことはないが税金控除などの助成策は必要だろうと思う。

伊根の舟屋に行く話から大分それた。

亡くなった友に哀悼の意をささげる。

由布島

沖縄の石垣島へ行ったことがあった。あそこで石垣牛の焼き肉を食べた。あれは旨かった。

レンタカーを借りてあちこち回った。風景がすばらしくきれいだった。さらに舟で西表島《いりおもてじま》に渡りマングローブの森を見た。

初めて知ったがマングローブというのは特定の木の名前ではないそうだ。海水の交わる海辺で繁茂している森のことを指しているという。

すなわちそういう群落のことをいうのだそうだ。その多くはヒルギという木だが面白い特徴を持っている。根から吸った水は当然海水を含んでいるので上の葉の先から塩分を排出するのである。ペッペッと吐き出すのである。しかしあまりにも塩分が高まると濃縮された塩分を持つ先の方の葉から落葉していく。いわば皆のために犠牲になる葉があるのだ。と言うことをマングローブ遊覧船の船長さんから教えてもらった。

その後タクシー（予約しておかねばならない。流しのタクシーなんか走っていない）で由布島の近くに行った。そこから僅かの距離だったが水牛が引く車に乗って由布島へ行ったことがある。西表島との間は満ち潮でも大人の膝ほどの水深で距離は四百ｍほどである。

今は無人島だがかつては人が住んでいた。終戦後は小中学校もあったという。その一部のコンクリートの部分だけが残っていた。小さなものだった。こんな所まで義務教育は進められていたのだと思うとその当時の日本という国は大きな理想を持って国造りをしていたことが分かる。

一周しても四十分もかからないところだが喫茶店や植物園それに土産物店があった。いずれも小さいものである。喫茶店は祭りの屋台ほどの大きさで屋外に小さな椅子とテーブルがあった。ここでアイスクリームを食べてその先のマンタの浜と呼ばれる浜に出る。

この浜はマンタと出会う確率が高いそうである。残念ながら季節は春だったので海には入れなかったし当然マンタと会うこともなかった。しかしここは台湾の台北よりも南にあるのでヤシの木やソテツが当り前のようにして育っている。まもなくこの西表島の大半がユネスコの自然遺産に登録されるそうだがなるほどと思う。しかしここも日本なのだ。

この由布島に渡るには訪問者はすべて消毒液で靴底を洗わなければならない。といっても消毒液を浸したマットを踏むだけだが。

島内にはゴミ一つ落ちていなかった。素敵な所だった。

虎杖《いたどり》

この字を読める人は少なくなった。春の山で見かける野草である。ところによってはスカンボともいう。

イタドリである。茎に斑点がありそれが虎の模様に似ているところからこの名が付いた。新しい葉すなわち芽だしは茶色で柔らかく食べられる。若い茎は外側の薄皮を剥ぎ炒めたり醤油で炊いたりして食べる。天ぷらで食べたことはない。

山菜の天ぷらと言えばやはりタラの芽とかフキノトウがよい。フキノトウなんかあの苦みが何とも言えない。筍も先の柔らかい部分を天ぷらにしたのが好きだ。ウドは木の芽あえがよい。いずれも春の季節を感じる。山菜ではないが菜の花の天ぷらも良い。精が強すぎたのかあれを食べるとニキビが噴き出たように思う。

いや若い頃の話です。今は鼻血も出ません。

ワラビ、ゼンマイ、山ブキ、コゴミなど色々あるが最近は近くの山にも行かないので手に入らない。期間はわずかだがスーパーに並ぶこともある。

こんなものを出す居酒屋も小料理屋も無くなった。やはり買う人はいるのだろう。仕入が難しいし儲けも少ないのかもしれない。これをアテにチビリチビリやりたいのだがあれは映画の中だけか。

むかし加古川の友だちと山形県の出羽三山に登ったことがある。はじめに羽黒山に行ったのだが二四四六段ある階段を登り頂上近くの宿坊にある斎館で精進料理を食べたことがある。羽黒山の標高は四百m強なので一段当たりの高さは十㎝から十五㎝ほどになる。この程度では大したことはないがさすがに二千四百段もあるとしんどい。

立派な大きい部屋に通され旨い精進料理を食べた。ここまで来た甲斐があった。

そのあと月山に向かったがここの山荘でも山菜が出てきた。小説「月山」では大根や人参の煮物が出てくるがそんなことはなかった。

この月山の山荘では二日ほど前に鳥海山まで行ってきたという人と会い酒を飲みながら歓談した。この方は純然たる山好きの人で私のように精進料理や森敦の小説につられてやって来た不純な人間とは違う。月山に登る途中でオコジョを見たと言ったらこの方はそれらに詳しくあれは結構気性が荒く肉食系で自分より大きいものでも襲うとのことだった。

私らが見たのは岩の間から可愛い顔を出し近づいても逃げないオコジョだった。もう夏毛に生え換わっており腹だけが白かった。

また虎杖《いたどり》についても詳しい方であまり高い場所では見ないが麓では咽喉が渇いたときに噛んで水代わりにするのだとも言われていた。とかまあそんな話をして初対面にしては盛り上がった。旅の醍醐味である。

山荘では友だちも含めて三人だけだったがおかげで退屈せずに済んだ。

裏見《うらみ》の滝

日本中には結構あるみたいだ。恨みではない。流れる滝を裏側から見られるのである。全国的にみると熊本県の黒川温泉にある別名裏見の滝、岡山県の岩井滝、兵庫県の香美《かみ》町にある吉滝《よしたき》などである。

アメリカでもカナダとの国境にあるナイアガラの滝もそうだ。ここはエレベータで降りて行く。たしかビニールの雨合羽を着て見に行った。日本の裏見の滝は向こうが見渡せたがナイアガラは違った。向こうは見えない。ただ水の壁があるだけだった。多量の水が流れているからである。外側の景観の雄大さに比べればなんとも愛想のないものだった。ただびしょぬれになっただけの記憶がある。

出張で行ったのだがアメリカ事務所の人間が案内してくれたのである。その時にこの滝の高さを言い当てたらその日の夕食を御馳走してもらうという賭けをした。横幅が広いので二百mぐらいだろうと思って言ったが実際には六十mぐらいだという。結局中華料理を奢るはめになった。

横幅が広い。途中に国境があるようで私が行った時は一部がまだ凍っていた。

岩井滝と吉滝は行ったことがある。ナイアガラと違って滝の向こうが見渡せるのでなるほど裏側に来たなと分かる。水量が少ない時に行ったのでスーパー銭湯の打たせ湯を見ているようだった。これはこれで中々趣きがあったように思う。裏側と言ってもそれほど奥行きがあるわけでもない。高さが三十㎝ほどの小さな祠があり良く知らない神様が祀ってあった。日本人はなんでも神にまつりあげるがここもそうなのかと思う。

原始宗教のアニミズムから少しも発展していないと言う意見もあるがこれが日本である。

しかし自然を崇拝するというのは今の時代優れた考え方かもしれない。欧米は自然を征服する対象としてとらえるが大自然に崇敬の念を抱くというのが日本人である。

高い山はもちろんだが低くても頂上にはその山の神様が祀ってある。白山などは山小屋のあるところに本宮があり頂上にも立派な社がある。ここは天気の良い日は早朝に神官が登り朝日に拝礼するとともに祈りをささげ登山客にお神酒をふるまう。若い時も含めると十数回も登っているが天気が良かったのは半分くらいであった。

インターネットで見たがインドの北、中印国境の高山にある小さなザンスカールという場所がある。いつの頃か中国に追われてここに住みつきチベット仏教を信じた生活をしている。日本の四国よりも小さい国で主に小麦を食べて生活している。国民の三分の一が僧侶で彼等は妻帯せず国民が病気にならぬよう、子供が無事に成長するよう、一族が平和で安泰であることを祈っている。

川には魚がいるが命あるものをすべて大事にするためこれは食べない。多分儀式でもイケニエはないのだろうな。

それはともかくここも自然のものに崇敬の念を持っている。貧しいが平和で安穏な生活を送っている。僧侶は子供を作らないので結果として人口が大体安定している。これもある意味ではＳＤＧｓであるかもしれない。

【著者紹介】

KGB77　本名　東　洵（あずま　まこと）
昭和18年（1943年）生まれ。
大阪府出身

既刊

「空襲」文芸社
「水郷に生きて」ブイツウソリュウション
「ビアク島」ブイツウソリュウション
「春嶽と雪江 ―この身はこの君にいたすべきこと―」郁朋社
「小説　ルーツ」郁朋社

いっぺん言《い》うてみたかった

2021年12月4日　第1刷発行

著　者 ― KGB77

発行者 ― 佐藤　聡

発行所 ― 株式会社 郁朋社《いくほうしゃ》

〒101-0061　東京都千代田区神田三崎町2-20-4
電　話　03（3234）8923（代表）
FAX　03（3234）3948
振　替　00160-5-100328

印刷·製本 ― 日本ハイコム株式会社

落丁、乱丁本はお取り替え致します。

郁朋社ホームページアドレス　http://www.ikuhousha.com
この本に関するご意見・ご感想をメールでお寄せいただく際は、
comment@ikuhousha.com　までお願い致します。

　ISBN978-4-87302-750-0 C0095